GOBOOKS
& SITAK
GROUP©

GOBOOKS
& SITAK
GROUP ©

三日月書版

三日月書版

三日月書版
BL039
volume
{03}
Novel. matthia
Illust. shu
致施法者
伯里斯閣下及家屬

To Burris the Spellcaster and His Family Dependent

致施法者伯里斯閣下及家屬

To Burris the Spellcaster and His Family Dependent

CONTENTS

伯里斯・格爾肖
重獲青春的死靈法師。
BURRIS GERSHAW
CHARACTER
To Burris the Spellcaster and His Family Dependent

洛特巴爾德
亡靈殿堂的骸骨大君。
ROTHBART
CHARACTER
To Burris the Spellcaster and His Family Dependen

致施法者
To Burris the Spellcaster and His Family Dependent
伯里斯閣下及家屬

Chapter 01

致施法者伯里斯閣下及家屬

平時很少有人拜訪海淵之塔，而莫維亞總是在會客室接待訪客，議事廳很少被使用。

今天，議事廳的長桌周圍坐滿了人，精靈議會成員和黑崖堡高階騎士面對面而坐，桌子盡頭的主位上是年老的精靈議長，議長左右兩側是兩位人類法師。一個是身穿墨藍色法袍的耄耋老人，一個是戴著薩戈皇室徽章的金髮青年。

金髮青年就是昨天用水晶球求援的人。現在「他」拿出來了皇室徽章，以薩戈使臣的身分參加會議。小法師柯雷夫不在這裡，骸骨大君倒是在，他也戴上了一枚皇室徽章，坐在金髮的薩戈使者身後。

金髮使者對面的老人看起來平凡無奇，實際上卻是房間內最受尊敬的人物。在場的精靈們都聽說過這位偉大施法者的傳奇功績，雖然精靈的壽命更長，但他們還是將老法師視為長輩。

莫維亞第一次見到傳說中的「伯里斯．格爾肖」。

這位傳奇法師已經老態龍鍾，髮禿齒豁。當他從一堆文件檔案中抬起頭時，銳利冷冽的目光竟讓莫維亞渾身一凜。

精靈議長比了個手勢，示意莫維亞坐到長桌另一端的椅子上。待他坐定，老法師清了清喉嚨，用沙啞卻有力的聲音問道：「海淵之塔的莫維亞大師，經過調查，我們現在已經掌握了充足的證據，證明你長期操控和誘導驚濤魚人。針對這一點，你有什麼想要辯解的嗎？」

所有人都看向莫維亞，等待著他的回答。唯獨洛特沒有看精靈，而是看著八十四歲的老法師。

他身體前傾，把手指伸到椅背的縫隙裡，偷偷在艾絲緹公主的背上寫了好多字：妳的導師多棒啊，這樣說話真是迷人。他的變化法術也很厲害，妳看他，簡直老得和過去一模一樣。既然有這種能力，當初他為什麼不幫自己多變出一些頭髮？

艾絲緹皺著眉一動不動，繼續冷漠地盯著被指控的精靈。

在古精靈語中，驚濤魚人被稱為「底波爾勒」，意為「大洋深處的靈魂」。古時候，南方沿海居民認為魚人是一種死靈，由葬身海底的人幻化而成，傳說牠們會引誘活人進入漩渦，用妖術把人拉進海底。

隨著魔法與航海技術的發展，後來人們瞭解到魚人並非死靈，並且編造出了另一種虛構的海洋人形種族——賽蓮。

之後，賽蓮便成為了各種浪漫海洋傳奇的主角，並且接下了「用妖術把活人拉進海底」的任務。

在官方正式的《昆緹利亞海島志》中，由魚人帶來的命案非常少，甚至比鯊魚襲擊人類的次數還要少。這和魚人的習性有關，正常情況下，牠們生活在遙遠的大洋深海裡，只有在洋流、氣候、天象等因素出現異常的巧合時，牠們才會偶爾來到昆緹利

致施法者伯里斯閣下及家屬

亞附近掠食。

魚人出現的次數雖少，但一旦出現就會引發巨大危險，所以沿海居民也不能放鬆警惕。一百六十幾年前，一位人類法師系統性地研究了驚濤魚人的行為模式，總結出一套應對經驗，還發明了一種針對魚人的誘導劑。

法師名叫「芬尼奈特」，是一位專攻異界學與毒物學的研究者。他原本在五塔半島修習，後來因為私自涉足非法學派而被驅逐出教院。在過去的年代，異界學、毒物學和死靈學一樣惡名昭彰。

芬尼奈特來到昆緹利亞，在蘇希島定居生活，與海島精靈結下了深厚的友誼。他幫助精靈重新設計船隻，提升航行安全；他教導灰山精簡單辨別植物毒性的方法，大大減少了這一種族的意外死亡率；他還替領航島的人類蠻族設計了防鯊界限，避免他們潛泳時遭受襲擊。而他自己最為驕傲、也最為執著的，是針對驚濤魚人的一系列深入研究。過去從來沒有任何法師涉及這一領域。

他設計了一套預警系統，可以根據海洋活動與天象來追蹤魚人的行跡，他研製的誘導劑可以將魚人帶回深海，而且不會傷害海中的其他生物。在他的幫助下，昆緹利亞居民躲過了不少危險，海淵之塔矗立在豐饒美麗的蘇希島上，就像照拂著整個昆緹利亞的燈塔。

人類的生命是很短暫的。芬尼奈特在七十三歲時就平靜地離開人世。他將畢生心血留給了唯一的學徒莫維亞，而莫維亞也沒有辜負導師的囑託。精靈繼續保護著昆緹利亞，逐漸成長為名傳四方的大師。

百年前，莫維亞首先發現了魚人的異常行為，並推測出牠們有可能大舉侵襲近海。這是歷史上前所未有的情況，當時的精靈和人類都並不是十分相信。後來，險情真的發生了，多虧莫維亞提前做了一些準備，才把災難損失降到最低。

由於血統問題，很多精靈都不太信任莫維亞，比起混血精靈，他們似乎更能接受完全異於自己種族的人類。驅逐魚人的戰鬥平息後，精靈們對莫維亞大為改觀，他們開始心甘情願地稱他為大師，並相信他確實是合格的海淵之塔繼承人。

一年年過去，昆緹利亞與十國邦聯間的貿易航線越來越多，精靈與人類的交流越來越頻繁，異界學、毒物學和死靈學也不再是死罪和禁忌。

有些年老的精靈指出，近百年來蘇希島的氣候似乎發生了變化，每年總有零星幾天出現與季節不符的低溫。而過去兩三年都很難見到一次魚人，現在魚人卻每年都會在近海出沒。

莫維亞解釋，正是因為氣候的微妙變化，所以近年來魚人的出沒頻率也比以前高了不少。

異常低溫每次都持續不長，基本不會影響到作物收成。魚人雖然頻繁出沒，但在莫維亞大師的守護下，蘇希島的精靈依舊十分安全。

只要有海淵之塔在，有莫維亞在，精靈們就不用為此憂心。

「但是，灰山精、人類和半身人就沒這麼好的待遇了，對吧？」

說著，伯里斯放下手中厚厚的資料，精靈議長默默接過資料，繼續翻閱。

每年都有漁民被魚人殺死。有的遇難者能留下殘骸，也有的就永遠消失在茫茫大海裡。

受害者有灰山精，有領航島的人類蠻族，有昆緹利亞本地的半身人，也有從海港城來的漁夫或商人。精靈們認為，這是因為其他種族無法在第一時間收到預警，而且他們與精靈存在一定的溝通障礙，所以精靈比較安全，其他種族更容易受害。

但事實並非如此。

伯里斯．格爾肖表示，他的學徒柯雷夫親自遭遇了驚濤魚人，經過初步判斷，魚人普遍行為異常，呈現藥物成癮後的亢奮狀態。於是柯雷夫將疑慮偷偷告訴了導師，在導師的授意下，他決定繼續探查蘇希島上的其他疑點。

在這期間，黑崖堡與海港城突然遭到了大批魚人侵襲。一位薩戈皇室使者正在黑崖堡執行公務，他和黑崖堡騎士團一起為保護百姓而戰鬥，並且與海淵之塔取得聯繫，向蘇希島告知情況並請求支援。

這位使者來自王都真理塔，是一名學有所成的法師。他對死去的魚人進行了一些檢查，震驚地發現魚人身上有大量魔法藥劑殘留。

在他檢查期間，法師伯里斯．格爾肖正好趕到蘇希島，在學徒的協助下，他發現了海淵之塔內被隱瞞了百年的祕密——引導魚人靠近近海的罪魁禍首，正是莫維亞大師。

昆緹利亞附近的海水中存在著高濃度的誘導劑。誘導劑經過改良，其中多了數種魔法藥劑，魚人會被引誘至相應水域，並且變得亢奮飢餓，攻擊性倍增。所有昆緹利亞居民中，只有莫維亞一個人有製作和使用誘導劑的能力。

不僅如此，海淵之塔上還一個有持續運作的防禦法術。法術範圍覆蓋了蘇希島和附近海面，魚人一旦進入範圍內就會動作遲滯，便於擊殺；一旦離開法術範圍，牠們又會重新被誘導劑支配，變回嗜血瘋狂的狀態。

這個防禦法術有很多不足之處。其中之一，就是它在存續期間會導致附近溫度明顯下降，而且需要消耗大量稀有的魔法材料，成本不菲。

當年芬尼奈特因此入不敷出，還接受了許多海島居民的捐贈。現在莫維亞並不會長期開啟它，他只在釋放誘導劑的時候喚起法術。

一切施法原理、法術效果和藥劑成分，都在筆記中寫得清清楚楚。這是法師芬尼奈特的筆記，初始版本的誘導劑是他研製的，覆蓋島嶼的防禦法術也是他設立的。

在筆記中，他希望莫維亞能將研究繼續下去，比如移除降溫的副作用，想辦法降低維護成本，最好還能擴大法術範圍，讓它覆蓋整個海域，而不僅僅是保護蘇希島。

「芬尼奈特所期待的一切，你全都沒有做到。」伯里斯合上了手中的羊皮紙筆記，這也是芬尼奈特留下的法術書籍之一，「這麼多年來，你好像只做了三件事。第一，改良了誘導劑；第二，讓魚人依照你的意思出現或消失。這兩件事耗費了你大量的精力，導致你的其他法術修為一塌糊塗。」

一層層走上高塔時，伯里斯親自欣賞了那些「一塌糊塗」的法術。在海淵之塔中，所有優秀的魔法幾乎都是芬尼奈特留下的，莫維亞在個人研究上簡直一片空白。

「你還做了第三件事，這也是最驚人的一件。」伯里斯繼續說，「百年前，你一手引導驚濤魚人大規模來到近海，放任他們肆意攻擊精靈、人類和其他種族，戰鬥持續了一段時間之後，你又將魚人重新引回大洋深處，順理成章贏得了所有人的尊敬。莫維亞大師，如果你想問我有什麼證據，證據就在你的塔裡。你每次購買材料、施法、配藥、啟動法器，這些行為都會留下相應的痕跡，你的法術筆記也完整記錄了你一直以來的所作所為。也許你早就想到那些東西會成為證據，但即使你知道，你也無法毀掉它們，因為毀掉法術筆記反而會增加你自己的不便，於是，你用了一些防禦術和詛咒術來保護它們。只可惜，你這方面的施法能力太糟糕了，你最多只能瞞過學徒和外行人，卻防不住我這種狡猾的人類。」

莫維亞不說話。他低頭坐在桌前，雙手緊握，臉上沒有任何表情。

精靈議會的成員們不斷小聲交頭接耳，議長盯著莫維亞一會兒，催促道：「莫維亞大師，請做出回應。」

莫維亞還是不回答。議長和伯里斯聊了幾句，男裝的艾絲緹也以協力者的身分加入討論。

伯里斯主動提出，不要以他一個人的指控作為標準，精靈們可以聯繫奧法聯合會，他們會派出調查組進一步查明事實。所有調查取證都會在精靈議會的監管下進行，如果需要，「金髮的真理塔法師」也可以代表薩戈做出公正的擔保。

議長皺著眉頭，頻頻點頭。

終於，莫維亞長嘆了一口氣：「我真是不明白，你們怎麼會這樣？」

議事廳瞬間安靜下來，所有人看向他，不明白他指的是什麼。

「比起混血精靈，你們好像更喜歡人類？」莫維亞笑了笑，「太奇怪了，為什麼呢？這是海島精靈的文化傳統嗎？比起混血精靈，人類反而更加可以相信？」

「莫維亞，」議長提醒他，「注意一下你的言辭。還有，信任不是依靠血統決定，芬尼奈特大師和格爾尚大師本身就值得信任。莫維亞，我不明白，你為什麼要做那樣的事？」

莫維亞抬起頭，眼睛裡噙著淚水：「你們覺得呢？這要問問你們自己，你們永遠不會尊重我，永遠沒有人會真正信任我……」

議長冷冷地看著他：「有多少性命因你而隕落？也許那些人至死都在信任著你。」

「我一直保護著蘇希島！」莫維亞推著桌沿站了起來，聲音尖利且顫抖，「我一直盡可能減少精靈的傷亡，盡可能不讓族人被捲入其中。近年來沒有任何一個精靈因魚人而死。至於灰山精或半身人，那些種族本來就距離我們非常遙遠，導師的法術本來也保護不了他們。當魚人出現時，他們的遭遇反而可以提醒我們，讓精靈們意識到危險，及時提高警惕。至於人類，這麼多年了，我們與人類的合作關係不是越來越融洽了嗎？我們雙方都沒有什麼不悅，還因為魚人而更加團結。」

聽到這裡，艾絲緹忍不住問：「與人類合作？你計算著紅圓月的日期，在這前後幾天誘導大量的魚人圍攻黑崖堡，等到我們求援時，你再積極派人援助。這就是你眼中的合作與團結？」

莫維亞回答：「畢竟我們還是及時提供援助，清理了近海的魚人。我並不是真的想傷害你們。」

「可以了，你住嘴吧。」議長打斷他，低著頭用力捏了捏眉心。

莫維亞擦了一把眼淚，抬手指向議長，以及他身邊的伯里斯：「我不明白，伯里斯．格爾肖有什麼立場調查我？你們忽視我的苦心，譴責我所做的一切，卻把他奉為貴客？他來自冰原白塔，他是死靈法師伊里爾的學徒，就算他離開了那裡，他也一直都是一個死靈法師，他這輩子施展過多少噁心的法術，法袍上沾染了多少鮮血，恐怕連他自己都記不清楚了吧？如此劣跡斑斑之人，竟然有權在蘇希島議會面前指責我？」

議長的臉色十分難看，而伯里斯不為所動，只是靜靜地看著莫維亞。

精靈哽咽了一會兒，繼續說：「我們都知道伊里爾做過什麼。他曾經試著連接煉獄位面，想統禦魔鬼，得到前所未有的力量。而他的學徒伯里斯呢？伯里斯大師已經實現了那些野心，就在不久之前，他用不為人知的方法連接了異位面，釋放了被諸神囚禁千年的骸骨大君。你們可以翻閱宗教書籍，看看那是一個多麼危險的生物。」

莫維亞的視線轉向那個陌生的薩戈使者，然後死死地盯著他身後的骸骨大君。

「如果海淵之塔要被奧法聯合會調查，那麼，伯里斯．格爾肖，你和你那個學徒，還有你的邪惡盟友，是不是也都應該接受調查？」

面對指控，伯里斯淡然一笑：「莫維亞大師，你是不是有點神志不清了？」

「你明白我在說什麼。」精靈沒有看他，只是死死盯著洛特。

伯里斯問：「好吧。那麼，請問我是何時釋放骸骨大君的？釋放了他之後，我和這個半神盟友又做了哪些壞事？」

洛特飛快地瞄了伯里斯一眼，在心裡默默回答：你和你的半神盟友同居還時不時接吻。

莫維亞當然回答不出來。伯里斯接著說：「你建議讓我也接受調查？當然可以。實際上，自從我離開冰原白塔至今，一直都在接受奧法聯合會的監管與調查，哪怕是我擔任議長時也一樣。如果你懷疑我有任何可疑的行為，你隨時可以向相關人員或機構舉報，不論他們要問訊或取證，我一定會主動配合。所以希望大師你也能做到。」

「人類真是不要臉，」莫維亞冷笑，「半神骸骨大君現在就在這間屋子裡。」

議長一直按著眉心和太陽穴，不知道是不是頭又開始痛了。他抬眼看了看精靈法師，問：「在這間屋子裡？在哪？」

莫維亞指向洛特。洛特前面的艾絲緹裝傻著問：「我？」

「不是你，是你身後的那個。」

現在洛特的身分和艾絲緹一樣，是薩戈特使，來自王都真理塔。他沒有說話，只是默默回望著精靈。

議事廳裡的人根本懶得多看洛特幾眼。大家交頭接耳了一陣子後，都用厭惡中帶著憐憫的目光盯著莫維亞。

議長的頭是真的痛了。他招手叫來兩名士兵，讓他們把莫維亞帶了下去。莫維亞將被暫時被軟禁在塔內的房間裡，直到奧法聯合會的調查組抵達。

議長本來有一點擔心，畢竟莫維亞是個法師，萬一他反抗怎麼辦？萬一他用魔法逃走怎麼辦？伯里斯告訴他不用擔心，只要嚴加看管，莫維亞不會傷害看守，也不會用魔法逃走。

他既沒有那個膽量，也沒有那種能力。

在漫長的歲月中，他把所有心思和努力都用在編織謊言上。以至於在其他領域，他的能力恐怕還不及五塔半島的高階研修生。他塔內的防禦漏洞百出，而且他連艾絲緹的變聲幻術都無法察覺。

如果不是因為海淵之塔與世隔絕，莫維亞根本無法擔當大師之名。

這天下午，伯里斯坐在一片藤蘿架下打瞌睡。

他離開了海淵之塔，暫時住在精靈議會提供的簡單客房裡。後續的一切他都不再參與，莫維亞的命運究竟如何，自然由奧法聯合會和精靈議會商議決定。

艾絲緹也暫時離開了蘇希島，她繼續去操控手掌蟒了。有了伯里斯的協助，現在她可以獨自控制海峽間所有的手掌蟒。她會收拾好殘局，清理好航路，然後讓這些處刑工具重新沉眠。

多虧遇到了她，伯里斯終於順利聯繫上了五塔半島。研修院仍在拚命尋找「兩個失蹤的學徒」，現在伯里斯本人說找到他們了，法師們終於鬆了一口氣。

暑氣氤氳在庭院中，藤蘿的陰影之下還算涼快。伯里斯半躺在長椅上，閉著眼睛，不由自主地開始想像海淵之塔的未來。

那個名叫海霧的精靈學徒很有天分，他基礎不錯，只是被耽誤太久了。他可以直接去五塔半島，或者先去希爾達兩年鞏固基礎，假以時日，也許他能成為比莫維亞更實至名歸的大師。

一片影子突然出現，徹底擋住了葉子縫隙間投下的光斑。

伯里斯微微睜開眼睛，發現洛特就坐在他身邊，雙手撐在長椅兩側。

沒等法師開口，洛特便說：「伯里斯，我來找你談心。」

您又要談心？每次結束一些事情後您就要談心，為什麼要這麼高度還原浪漫小說裡的情節？

伯里斯稍稍坐直了身體：「好吧，您想談什麼？」

洛特的表情極為嚴肅：「我要向你懺悔一件事。」

「什麼？」

「我吻了莫維亞。」

「我猜也是……」伯里斯說，「否則他怎麼肯讓黑崖堡的船靠近。我之前就猜到了，多半是您施法控制了他。」

洛特看著他：「我感到萬分愧疚。」

伯里斯想了想：「呃，大人，您親吻過屍體，而且不止一具屍體，您還親過魔像，親過泥形殺手，親過狗，親過森林裡的野狼，這些都比親吻一名精靈誇張多了。」

「又在裝傻，你明明知道我的意思。」

藤蘿架下的花影婆娑搖動，讓老法師光滑的頭頂綴上了細碎的淡金色。

洛特死死地盯著法師，把伯里斯盯得渾身不舒服：「大人，請您不要注視著我的頭頂好嗎？」

「我沒有啊。」洛特笑道，「我在看你的眼睛呢。」

伯里斯自嘲著：「看著我下垂的眼皮和能夾死昆蟲的皺紋？」

洛特沒回答，而是問他：「你用幻術變老，就不怕被莫維亞發現？」

「這是變化法術，不是幻術。」伯里斯說，「我也覺得幻術太過初級，他可能會發現，不過變化法術應該就沒什麼問題了。在塔裡探查時，我已經很清楚他的能力，他的研究偏向極為嚴重，肯定無法識破我的法術。」

洛特還是在看他的頭頂。伯里斯感覺到了。

「那你什麼時候變回去？」洛特問。

「反正現在還不行，過一會兒精靈議會還要找我商量事情。我跟他們說了，今天下午我會離開，後續問題會讓『我的學徒』繼續跟進，那時候我就可以消除身上的變化術了。唉，學徒柯雷夫畢竟人微言輕，只有變回伯里斯，我說的話才有價值。」

「你一本正經說謊的樣子也挺有趣的。」洛特說。

「您是指，我回答莫維亞的時候？」伯里斯笑了笑，「是啊，我這輩子一直都在撒謊。之前我也說過，凡是伊里爾做過的事，其實我也一直沒少做，只是我的行事方式與他不同而已。莫維亞說我的袍子上沾了很多鮮血，說我劣跡斑斑，其實他也沒說錯。莫維亞騙了所有蘇希島的精靈，而我騙過的人……恐怕只會更多。我每天都在撒謊，今天也不例外。」

旁邊。

洛特的目光動了動，從法師的禿頂移到了眼睛上。四目相接時，伯里斯卻看向了老人的眼皮略微厚重，當他向下看的時候，洛特只能看見上眼皮和眼袋之間的縫隙，完全看不到那抹既幽暗又透澈的灰綠色。

法師若有所思地看著蒼老的雙手，感嘆道：「您看，伯里斯．格爾肖早就不是那個單純又膽小的二十歲學徒了，不知道有沒有讓您失望。」

洛特說：「但是你沒有騙過我。」

曾經伯里斯自己也是這麼想，而且還隱隱為此自豪。但不知道為什麼，這句話從洛特嘴裡說出來，伯里斯卻有些心虛，反而不那麼確定了。

萬一我騙過您呢？或者……現在我是不是正在騙您？

突然，洛特捏住伯里斯的下巴，抬起他的臉。法師的眼中閃過一絲驚訝，還有一點拒絕的意思，洛特沒有理會，而是直接低頭吻了下去。

他吻得很用力，似乎比以前那幾次還要粗魯一些，他銜住法師的唇瓣，甚至用舌尖碰到了對方的牙床。這時，伯里斯抓住他的肩膀，十分用力地推開了。

伯里斯氣喘吁吁，臉上寫滿了震驚。洛特又想靠近，他趕緊伸手抵住洛特的胸膛。

洛特問：「怎麼了？你不是早就接受我了嗎？」

伯里斯一手推著他，一手捂住自己的嘴：「您……但是……這不一樣……我……」

「你怎麼結巴了？」

洛特明知故問。看著伯里斯驚慌的神色，他已經明白是為什麼了。

「在年老的外貌之下，你少了好幾顆牙齒。」洛特直白地說了出來，「雖然有法術可以穩固它們，甚至可以換成新牙，但你一直沒有對自己施法。你和很多固執的老人一樣，明明有辦法治療，卻守著老舊的牙齒一直拖延。你的嘴角向下彎曲，嘴唇乾燥得像砂紙，臉色發灰，皮膚下垂，顴骨變得這麼明顯，上面還有好幾塊斑點……這個時候我吻你，你是不是嚇了一跳？」

伯里斯的雙手慢慢放下來，低著頭無言以對。

「親愛的伯里斯，你認為我把你變年輕是為了什麼？」洛特又坐得更近了，「青春、健康和頭髮都是好東西，我希望我們都能擁有。可是，這並不意味著我討厭八十四歲的你，不代表我不想親吻年邁的你。你是淒慘的小學徒也好，是傳奇法師、孤寡富豪或年老的陰謀家也好，這些加在一起才是真正的伯里斯·格爾肖。當我剖白心意時，我面對的是完完整整的你。」

他捧起老人乾枯的雙手，在兩邊手背上各吻了一下：「有時候你總是輕視我的智商。我活了這麼久，我又不傻，我能看得透你。你放心吧，我所期望的就是你本人，而不是不切實際的、虛假完美的幻影。所以，我不會失望的。」

說完，他又貼了上去，嘴唇觸碰到了老人的顴骨，然後往下移到嘴唇上。這次伯里斯雖然沒拒絕，但也不怎麼享受，洛特感覺得出來，於是他停了下來。

有些事情他不介意也沒用，畢竟伯里斯自己心裡有過不去的坎。

「對了，你還記得我提過的書嗎？」洛特換了個話題，沒有再盯著伯里斯的頭頂。

「記得。」伯里斯說，「您在塔內發現它了嗎？」

「沒有，就是因為沒發現才奇怪。其實我也不急著找它，畢竟我已經自由了。我只是好奇，那到底是一本什麼樣的書？當年我能清晰地感覺到它，它有神術脈絡，有異界力量，誕生於位面割離之前，上面說不定會有很多有趣的東西。現在我卻完全感覺不到它，它應該已經不在蘇希島上了。」

伯里斯對歷史久遠的古書也很感興趣，只可惜當年洛特沒看過它，連它長什麼樣子、叫什麼名字都不知道。如果問莫維亞，說不定莫維亞會知道書的下落。但這也太尷尬了，莫維亞現在肯定恨死他們了，就算知道他也不會說的。

這時庭院外傳來了精靈語的談話聲。伯里斯趕緊讓洛特站起來，或者至少別離自己這麼近。

精靈僕人走了進來，微微躬身：「格爾肖大師，法師塔的學徒海霧想見您。」

致施法者
To Burris the Spellcaster and His Family Dependent
伯里斯閣下及家屬

Chapter 02

致施法者伯里斯閣下及家屬

銀髮少女坐在溪邊的大石頭上，展開一張新買的地圖。背後傳來了窸窸窣窣的聲音，她回過頭，精靈法師黑松正試著艱難地爬上又高又寬的石頭。

奧吉麗婭向他伸出手：「你怎麼不用骨頭椅子飄著？」

黑松抱著一壺水和一小袋餅乾。本來他想偷偷出現在女孩身後，直接把點心餵到她的嘴邊，可惜他試了幾次都無法順利爬上大石頭，最終還是只能讓奧吉麗婭把他拉上來。

「骨頭椅子壞了，來不及做新的。」黑松說，「而且我也不想使用它，我更想和妳一起走路。我們手牽手、肩並肩，在幽暗而神祕的森林裡四處探索……」

奧吉麗婭隨便點了點頭，繼續研究著地圖。趁她不注意，黑松從口袋裡掏出一樣東西，他把身體向後傾斜，舉起雙手再慢慢下降，讓禮物悄悄地出現在奧吉麗婭眼前。

那是一條顏色暗淡卻不失華貴的項鍊，鍊子由精緻細小的灰月光石串成，吊墜是嵌在細碎黑水晶中的灰紫色不規則珍珠。

「這是什麼？」女孩驚喜地望向精靈。

「昨天在費西西特城內買的。」黑松開心地幫她戴上項鍊，「那個地方盛產各類珠寶，去都去了，我怎麼可能不買點禮物給妳呢？費西西特又被稱為『碧輝之城』，盛產綠色寶石，但我左挑右選，還是沒有選綠色的飾品，我覺得這種款式更適合妳。

妳看，它黑暗而純潔，柔和又神祕，和妳的氣質十分相符……」

奧吉麗婭還沒說什麼，一個陰陽怪氣的聲音便插了進來：「這要多少錢？你哪來這麼多錢？」

黑松不滿地轉過頭，看向溪邊樹蔭下的紅髮少年。說話的人，正是擊碎他心愛骨頭椅子的殺椅凶手——羅賽．格林，也就是紅禿鷲。

「嗯，項鍊挺貴的。」黑松說，「但是對我這種經驗豐富的冒險者來說，也沒多少錢。」

羅賽冷笑：「你母親和你的導師真有錢。」

黑松毫不示弱：「蘭托親王也很有錢啊，他比我母親有錢多了。如果你嫉妒我，你也可以去找他要錢。你曾經為他禿成那樣，也許他願意支付你一點伙食費。」

「不了，我比你要知廉恥一些。」

「你都和親外甥接吻了，竟然還敢自稱『知廉恥』？」

「我只是在利用諾拉德！」

「噢，我懂了，你看著我和奧吉麗婭恩恩愛愛，心裡不舒服了，對吧？你想念諾拉德了吧？他肯定還在找你呢。他放走你，之後又帶著一群人漫山遍野找你，你說他是為了什麼？他真是被你迷得要死，等這趟旅途結束，你一定要回去和他好好親熱親熱。」

羅賽憋了半天沒說話，最後小聲嘟囔了一句：「法師都應該被縫嘴。」

黑松聽見了，回敬他一句：「術士都該禿頭。」

羅賽攥緊雙拳，咬牙切齒，他剛想站起來，一隻手卻搭在他的肩上，輕輕把他按在原地。暗紅色頭髮的強壯青年來到他身邊，面無表情地對他搖了搖頭。

黑松原本還洋洋得意，但他回頭看到奧吉麗婭的眼神後，也立刻乖乖不再說話了。

這一路上，黑松和羅賽總是互相挖苦，每次都要奧吉麗婭和席格費制止。

為了方便旅行，席格費沒有使用獅鷲的外形，他暫時化形成人類的外表，看起來是個高大的荒野巡遊者。由於變化技巧比較差，他並不能變成渾然天成的人類，他不僅面無表情，身上還帶有煉獄氣息和獅鷲的威壓，所以他走到哪裡都令人望而生畏。

羅賽有點怕他。一方面，是因為術士對煉獄氣息的敬畏；另一方面，是因為骸骨大君。當初大君借用席格費的身體與羅賽交流，表現得十分威嚴，所以至今羅賽都不知道席格費還有動輒痛哭流涕的一面。

奧吉麗婭邊看地圖，邊在席格費的意識中說話：「我們距離他很近了。」

席格費也在意識中回答：「我也感覺到她了。她為什麼還沒清醒過來？主人都回來這麼久了。」

「不知道，也許他出了什麼事？也許他也睡著了醒不來？就像你一樣。」

聽到奧吉麗婭這麼說，席格費一臉委屈：「我知道自己很蠢，但奧傑塔不會像我這樣的。她很聰明，而且比我強大。」

「某種意義上來說，他比我們都強大。」奧吉麗婭慢慢捲起地圖，「主人給予他的是神域之力，他本人就是一個強大的神術脈絡。只要有他在，我們會更容易找到位面薄點。」

說到這裡，席格費問：「妳的男朋友知道這些嗎？關於我們尋找奧傑塔，還有尋找位面薄點之類的……」

「他才不是我男朋友！」

「呃，抱歉。法師黑松知道這些嗎？羅賽·格林只知道一小部分，主人親自授意讓他幫忙，他也樂在其中。不過，他並不知道我們幾個的真實身分。我告訴過他不能向任何人透露此行目的，他應該沒有告訴黑松吧？」

他們的對話只在雙方的意識之中，人類和精靈根本聽不見，所以奧吉麗婭的語言也比平時更直白：「黑松什麼都不知道。紅禿鷲不會對他說諷刺挖苦以外的任何話，而我也絕對不會讓他知道那些事。雖然他在為人處世上又傻又蠢，但他畢竟是個法師，他應該明白『神的造物』代表著什麼。如果他知道了主人的計畫，知道我們的身分……他會嚇死的。」

想了想，她又補充：「就算不嚇死，也會嚇跑。」

席格費盯著她。奧吉麗婭故意移開目光，過了一會兒，席格費說：「主人大概也是這麼想的。」

「什麼？」

「主人已經把尋找位面薄點的事告訴法師伯里斯閣下了，伯里斯閣下並不反對。但是，主人不會讓他知曉我們的身分。我之前還思考過這是為什麼，現在想想，也許主人也擔心嚇壞法師閣下吧。」

「何止是『嚇壞』的問題，」奧吉麗婭說，「他甚至有可能會阻止主人，與主人為敵。」

「應該不會的，他對主人很好。」

奧吉麗婭微低著頭，目光陰暗了許多：「人類都會懼怕過於強大的事物，而且這種懼怕很快就會轉化成仇恨。幾千年過去了，我仍然記得主人被背棄、被驅逐的原因。」

這時，席格費突然說道：「聽妳提起這個，我突然想起來，有一件事我一直不明白。」

「什麼事？」

「諸神囚禁了主人，祂們為什麼不把我們三個也一起囚禁起來？甚至，祂們完全可以直接毀滅我們啊。對於真神來說，我們什麼都不是。」

奧吉麗婭思考了片刻：「這個……我也不明白。席格費，我們跨過了這麼長的時間，其實我已經忘記了很多事。我能想起大致的來龍去脈，但記不起當年的種種細節。」

「是啊，太久了，」席格費也說，「對了，主人被囚禁，是發生在位面割離之前嗎？還是在那之後？」

奧吉麗婭說：「當然是之後，各個位面要先彼此徹底割裂，這樣才能切斷煉獄生物的擴張道路。後來主人還花了一段時間清理殘留在人間的魔鬼，我們就是在這個階段被創造出來的。」

席格費說：「這麼一想，好像不對啊……在那個時候，煉獄已經被割裂，諸神也離開了，那祂們是怎麼發現我們、怎麼囚禁主人的？」

「等等，難道是我記錯了？」

「我的記憶也比較模糊。也許奧傑塔會記得，她一定會記得的……」

伯里斯與精靈海霧在院子裡談話，洛特則藉故躲到屋裡。

幾小時前，洛特收到了一封魔法傳訊，資訊被附在一枚獅鷲羽毛上，以元素轉移的方式送到了他的手上。這不是法師們常用的傳送，這是術士的手段。

發信人顯然是席格費和紅禿鷲。如果距離不遠，大君可以直接與造物進行意識對話，但現在不行，席格費距離他太遠了，他甚至已經無法感知到那個孩子。

他輕撫羽毛，讓其中的訊息慢慢進入自己的腦海。

不久前，紅禿鷲根據線索一路旅行，帶著席格費來到了自由城邦費西西特。原本他只是在追蹤異界元素，誰知到達此地後，席格費竟然感覺到了奧傑塔的氣息。奧傑塔是骸骨大君的第三個造物，是獲得神域之力的、最強大的孩子。

只要距離夠近，大君的造物們彼此之間也能互相感知。席格費試著聯繫奧傑塔，但奧傑塔沒有回應，於是席格費和紅禿鷲打算繼續北上，沿著術士所指的方向繼續探查，順便尋找奧傑塔身在何處。

術士對元素十分敏感，簡直像專門尋找異界波動的小獵犬一樣。這種優勢是法師或牧師都無法取代的。

大君欣慰地想：我果然知人善任。

在費西西特城外，席格費驚訝地遇到了奧吉麗婭。之前他一心想著奧傑塔，都沒發現奧吉麗婭也在附近。

骸骨大君讓奧吉麗婭去寶石森林，現在她來了，而且還帶著黑松一起來了。黑松和紅禿鷲一見面就糾紛不斷，搞得席格費和奧吉麗婭無比頭痛。

俗話說，多一個法師就多一點方便，於是他們接受了黑松的同行。在訊息中，席格費特意強調他們沒有把旅行的目的告訴黑松，反正那個精靈只是為了追求奧吉麗婭，他根本不在乎旅行的目的。

看完訊息後，洛特長長地嘆了一口氣。有些事，奧吉麗婭只能瞞著黑松，而他也只能瞞著伯里斯。

謊言就像懸崖邊的護欄。

有護欄在，你不一定能百分之百安全；沒有護欄時，你也不一定會失足墜落。可是大家都不願意冒險，都不敢賭自己站得夠不夠穩。

洛特能聽到院子裡的一點談話。

海霧的情緒很低落。他決定配合調查，向精靈議會和奧法聯合會提供證據，並且在需要時作為人證接受訊問。莫維亞怒斥他背信棄義、見風使舵，還說背叛過導師的學徒不會被任何法師接受。海霧滿心愧疚，十分矛盾，他認為自己做了正確的事，但他也確實背叛了自己的導師。

伯里斯也做過同樣的事，而且比海霧更加決絕。他輕聲對海霧講述著自己當年的想法，從霜原一直說到了五塔半島和希爾達教院。

海霧聽得很認真，等這件事徹底結束後，也許他會和兩名同窗暫時離開蘇希島，繼續去探索法術與知識的世界。

聽著伯里斯的聲音，洛特不由自主地開始想像：如果伯里斯知道我在人間有造物，他會有什麼反應？

他可能會有點動搖，有點害怕，但他肯定會繼續和我相處下去。

他會阻止我取得黑湖的神域力量嗎？

也許他會。但他不會直接勸阻我，他肯定會想方設法讓我盡量不要去完成那件事。

致施法者伯里斯閣下及家屬

那麼，如果我已經繼承了黑湖的力量，成為了完整的真神，在一切已成定局之後，他才知道我在人間已經有造物了呢？

他會離開我嗎？

也許不會。

但是，那時我將無法分辨他是不想離開，還是不敢離開。

因為，有一個關於神域的基本知識，普通人也許不知道，但伯里斯那樣的研究者肯定知道。

「造物」是神與位面之間的黏合劑。在此地有造物的神，即是本位面的真神。

現在洛特只是半神，他有沒有造物都沒什麼區別；一旦他取得黑湖的力量，那時他就是存在於這個位面的唯一真神了。

他只想要力量，不想要權力。但別人是不會相信的，否則他也不會被諸神囚禁在亡者之沼。

對抗魔鬼的半神值得歌頌，但創造過生命的半神就是一件邪惡的危險物品。

三善神姑且如此行事，人類又怎麼可能不心生畏怯？就算伯里斯不與他敵對，也一定會因此恐懼他、疏遠他。

所以，他不打算讓伯里斯認識那三個孩子。只要不知道，他的法師就將永遠健康快樂。

洛特巴爾德承受過坦白的代價。他不想再冒第二次險了。

無星之夜。

黑崖堡騎士團要塞內。

地下室大門緊閉，從內側上了鎖，室內唯一的窗戶位於牆壁高處，關得十分緊密。

房間中央擺著一張木桌，桌子上方懸著昏黃色的小光球，光球只能照亮附近的區域，而房間的其他角落仍然一片漆黑。

桌子兩邊各坐著一個人。一個是審訊者，另一個是受審者。

「還不肯坦白嗎？」已變回二十歲外表的伯里斯問，「說，妳到底是為什麼而來的？妳是公主，妳怎麼能做這種事？」

艾絲緹大驚：「我做哪種事了？」

「妳一個人跑到這麼遠的地方來，連護衛都不帶，而且妳肯定對國王隱瞞了自己的目的地，皇宮上下絕對沒有半個人知道妳到黑崖堡了。萬一有什麼意外怎麼辦？萬一妳受傷了怎麼辦？好，妳肯定會說，妳不僅是公主，更是法師，那法師就更不應該獨自行動了。」

艾絲緹嘆口氣：「導師，我沒有獨自行動，奈勒爵士一直保護著我。」

「不，他就是妳身邊的危險因素之一。」

公主疲憊地雙手托住額頭：「導師，我又不是十四歲，我都二十四歲了。父王像我這麼大的時候已經結婚好幾年了……」

「這麼說，妳真的想招贅那個神殿騎士？」伯里斯問，「難道他也願意嗎？即使他知道妳是死靈法師？」

艾絲緹說：「我們談過這些，但沒有談出結果。畢竟我們兩個人都很難改變自己。不過我們達成了一個共識——先不管那麼多，慢慢來。」

伯里斯搖了搖頭：「你們這些年輕人，總是只憑興趣衝動行事，不懂得長遠發展。所有人都知道妳傾心於奈勒，萬一妳和奈勒不能結婚，到時候妳會名譽掃地，會淪為貴族茶餘飯後的笑柄。還有，與他交往時，妳不得不拒絕其他人的追求，這也就等於拒絕了更多結盟的選擇，萬一將來奈勒離開妳，妳就白白浪費了寶貴的時光，什麼也剩不了。就算妳繼承王位也難以得到應有的尊重，妳會陷入孤立無援的境地……」

公主說：「導師，我記得您說過一句話，『大家都是挖過屍體大腦的人，就別在乎什麼名譽不名譽了』。」

「別扯無關的事。」伯里斯一拍桌子，「妳和別的法師不一樣，妳是公主，是王位繼承人，有些事情妳必須考慮。」

艾絲緹想打哈欠，但她忍住了。她看了看越來越暗的光球，說：「如果您真的這麼想，就不應該大晚上找我談話。您現在的身分是柯雷夫，我們一男一女，而且『年齡相當』，如果有人發現了這場小黑屋的談話，那我才真的是名譽掃地。」

伯里斯笑了笑：「不會的。首先，黑崖堡除了奈勒爵士以外的人都以為妳是男的；其次，我在屋內設置了隱匿力場，別人聽不到也看不到我們。」

正說到這，門外傳來「噗」的一聲竊笑。洛特敲了敲門：「但是我聽到了。」

伯里斯單手扶額：「為什麼您又要偷聽……」

「我就是喜歡偷聽，」洛特直接推門而入，門上的魔法鎖對他毫無作用，「不過這次我要說清楚，我沒有故意偷聽，我是來廚房找東西吃的。你們也是，黑崖堡要塞這麼大，你們為什麼非要在廚房聊天？」

他在黑漆漆的廚房摸索半天，找到了一瓶牛奶和幾個小圓麵包，然後坐在伯里斯身邊開始享用，用「你們繼續」的表情看著法師和公主。

伯里斯問：「艾絲緹，妳還沒正式回答我，妳到底是為了什麼而來到黑崖堡？我不信妳只是為了和奈勒在一起。孩子，妳必須對我坦誠一點，我不是想拆散你們，我只是幫妳預判風險而已。」

艾絲緹沒有說話，她被洛特盯得有點發毛。

「沒關係，」伯里斯看出了她的心思，「洛特巴爾德大人可以信任，能對我說的，也可以對他說。」

公主大驚：「導師，您和他已經是這種關係了？」

洛特搶在伯里斯前面回答：「對對對。」

伯里斯低頭捏著眉心。艾絲緹倒是坦白了：「導師，您說得對，我確實不僅是為了見奈勒。如果不是您把話題歪到結婚與名譽上，我本來正打算把來龍去脈告訴您。」

是我帶歪了話題？伯里斯暗暗吃了一驚。他看向骸骨大君，身上突然一陣惡寒：難道我真的已經被他傳染得這麼嚴重了？我變得又愛打聽別人的隱私，又愛隨便帶歪話題？

艾絲緹繼續說：「奈勒爵士遇到了一些事，很麻煩的私事。他需要一個法師來協助他，而且最好是對不死生物有研究的法師。但是，他不信任這樣的法師，他唯一肯相信的死靈法師就只有我，於是他只能向我求援。」

伯里斯忍不住插嘴：「處處需要我們，又高高在上說不相信我們。呵呵，典型的神殿騎士作風。」

剛說完，他又是渾身一冷：糟了，我不但變得愛打聽別人的隱私、愛隨便帶歪話題，甚至還被傳染了打斷別人說話的惡習！

他緊緊抿住嘴，專注而憂傷地盯著艾絲緹，用目光鼓勵她繼續說。

這件事涉及到了奈勒爵士的家族與雙親，可能還涉及到了神殿。

黑崖堡騎士團實際上分為兩個部分，一部分是世代效忠此地領主的領地騎士，另一部分則是奧塔羅特神殿的神殿騎士。他們原本是兩股不同的勢力，最終卻因為百年前的魚人侵襲事件而合二為一。這樣一來，騎士團由誰來領導就成了一個麻煩的問題，顯然神殿的默禱者不能取代領主，領主家的貴族也無權指揮神職者。

於是，黑崖堡的領主家庭漸漸變得非常與眾不同，他們每個人既是貴族，也是神職者，且代代如此。比如奈勒爵士，他既是領主次子，同時也是神殿騎士。

這個家庭中最特殊的人是奈勒的母親麗莎。她出身寒微，是個來自民間的流浪藝人。

與其他藝人不同的是，她不能唱歌，也不能說故事——她是一個啞巴。但她能夠演奏任何樂器，能夠創作出醉人的詞曲，還能撰寫非常精彩的長篇戲劇故事。很多吟遊詩人都以彈唱她的作品為榮，並將她暱稱為「流浪的公主」。

她一直居無定所，直到她來到黑崖堡。認識麗莎時，奈勒的父親已經是神殿默禱者了。他是個嚴肅古板的人，從來不會對孩子提起自己的愛情故事，所以奈勒並不知道自己的父母是如何相遇相知，但是，他知道母親後來是如何離開的。

外人都認為麗莎早逝，而奈勒兄弟年幼喪母，其實事實並非如此。

根據奈勒爵士回憶，他小時候經常見到母親在偷偷看一本書。那是一本很厚很破舊的羊皮紙書，書皮是金屬製成，一側裸露著漆黑的生鐵色，另一側則鑲嵌著一枚巴掌大的銀鏡。

麗莎把書收在衣櫃最下層的暗格裡，還經常把書藏在斗篷下帶出門。據說她保留了流浪時的習慣，定期要離開城堡去郊野放鬆心情，她不讓任何人跟著，即使有人非要跟去，最終也會被她巧妙地甩掉。她會消失在山林間，然後在夜幕降臨時主動返回城堡。

默禱者沒有見過她的書，城堡裡的僕人也沒有，奈勒的哥哥應該也沒見過，似乎只有奈勒偶然看見過它，但麗莎不知道書已經被人看見了。

年幼的奈勒無意中說出了這件事。當年他根本不知道這意味著什麼，他只記得，父親把母親關在書房裡，然後把她的個人物品全部搜查了一遍。最終默禱者找到了那本書，他沒有翻看，也沒有把這件事告訴任何人，他把書鎖在櫃子裡，然後去書房找妻子對質。

麗莎是個啞巴。她不能辯解，而且拒絕用文字回答默禱者的問題。當時奈勒和哥哥都十分害怕，他們從沒見過父親那樣生氣。哥哥告訴他，他們的母親多半是個死靈法師什麼的，因為那本書讓默禱者既憤怒又畏懼。

第二天，麗莎不見了。她和書一起消失了，但鎖著書的櫃子卻未被打開過。以前她會在清晨離開，傍晚時回來，可惜這次她再也沒有回來。

默禱者帶人搜索全城和郊野，幾個月後仍然一無所獲。偶爾有人彙報看到了疑似是麗莎的背影，但沒有人能成功地確認。最終，默禱者對外聲稱妻子病重去世，然後鄭重叮囑兩個兒子要終生對此事保密。

「又是一個失蹤的老婆，」聽到這裡，洛特開始插話，「蘭托親王的老婆半夜跑到山上，黑崖堡默禱者的老婆凌晨跑到森林裡，為什麼貴族的夫人們都喜歡這樣？她們的婚姻到底有多乏味？」

艾絲緹沒有接他的話，自顧自地說下去：「奈勒告訴我這些時，我猜他的母親應該就是死靈法師，所以她要隱瞞身分，並且逃跑。但奇怪的是，後來我發現她根本就不是死靈法師，她甚至可能完全不懂魔法。」

伯里斯問：「妳檢查過她的遺物了？」

「對，」艾絲緹說，「她失蹤時什麼都沒有拿走，只帶走了書……真不知道她是怎麼把書從上鎖的櫃子裡拿出來的。奈勒的父親留著她所有的個人物品，所有東西都妥善地鎖在一間房間裡，我檢查過了，她應該不是施法者。我把這個結論告訴奈勒，奈勒很欣慰，他說這件事是他父親一輩子的痛，也是他這麼多年都解不開的疑惑。他想查清楚母親的身世，如果她不是壞人，應該在父親面前還她清白。」

伯里斯冷笑：「壞人？所以死靈法師就等於壞人？只要不是死靈法師，就不是壞人？」

「導師……」公主皺眉，「您別這樣。您到底有多討厭奈勒爵士？」

伯里斯挑了挑眉，跳過了這個話題：「我明白了。他不能讓陌生的法師調查這些，所以就聯繫了妳。不過，都這麼多年過去了，他為什麼突然想調查這個？」

艾絲緹說：「不久前，他看到了麗莎。」

「她又出現了？」

「是的。那天奈勒在城外森林裡閒逛，想體會母親當年在這裡散心時的感受，他突然發現森林深處有人在看他，他追了上去，追了好遠一段路，最後還是跟丟了。」

「他怎麼能確定那是他的母親？」

艾絲緹搖頭：「我也這樣問過他。他說只是一種感覺，母子之間的感應什麼的吧。」

「也許他看到的只是城外的流民。」

「那她為什麼要跑？」

「看到全副武裝的騎士衝過來，無論是誰都會跑的。」

「等等，伯里斯，」洛特舔了舔嘴角的牛奶，語氣突然變得十分嚴肅，「這樣一切就說得通了……」

「您想了到什麼？」伯里斯問。

「我想告訴你一件事。我剛才到處找你，就是想跟你說這個。」

「什麼事？」

「我有感覺了。」

伯里斯和艾絲緹頓時失去語言能力，一起懵然地看著他。

「你們這是什麼表情？」洛特說，「我是指那本書，在海淵之塔出現過的書。自從到了黑崖堡，我又感覺到它了。」

致施法者
To Burris the Spellcaster and His Family Dependent
伯里斯閣下及家屬

Chapter 03

四名冒險者停下腳步，望著前方割開森林的河流。

北方入冬較早，河水已經開始結冰了。黑松不放過任何一個體現自己文化素養的機會，趕緊指著冰面說：「我們不能直接走過去，現在冰面還不夠結實，承受不了人體的重量，這一點可以依靠觀察冰的紋理來判斷……」

羅賽．格林忍不住冷笑：「這還用你說？我們早就知道了。」

「也對，你一輩子都在山裡像野人一樣生活，在這方面肯定經驗豐富。」

「那你是怎麼學到野外生存經驗的？是不是靠一次次迷失方向和失足落水？」

奧吉麗婭煩躁地揮了揮手，制止一紅一黑兩個幼稚鬼的爭吵：「你們有完沒完？不就是一條河嗎？有什麼好爭論的？大家都是能施法的人，想辦法飛過去不就好了？」

席格費沒說話，只在意識中與奧吉麗婭交流：「妳確定嗎？我們應該過河嗎？」

「必須過河，」奧吉麗婭無聲地回答，「你應該也感覺到了，奧傑塔的氣息就在前面。」

「過了希瓦河，就是無人管轄的北方霜原了……」

「你是擔心那些霜原蠻族嗎？還是擔心伊里爾留下的魔法陷阱什麼的？」

「不，我……我也說不清楚自己在擔憂什麼……」席格費說，「我只是覺得事情有些不太對勁。妳想，我們在費西西特附近第一次感覺到奧傑塔，然後慢慢循著她的氣息尋找，從寶石森林一直走到了河畔，妳想想……」

奧吉麗婭也意識到了：「我明白了。你說得對，我們能感覺到奧傑塔，那他應該也能感覺到我們。如果他一直停留在霜原，那我們就不可能在費西西特感覺到他，距離太遠了。他也在移動，而且故意與我們保持距離……」

「這很奇怪，」席格費走到河邊，觀察著對面的樹林，「難道是她還沒想起以前的記憶，所以根本認不出我們？」

奧吉麗婭說：「有可能。也有可能是他正在追尋某些很重要的東西，所以不能停下來找我們。」

「或者是……她想讓我們跟著她？」

溝通到這裡，兩人對視了一下，互相點了點頭。

四人用各自的方法飄浮起來，慢慢飛越過希瓦河。河流北岸的森林更加蔥郁黑暗，氣溫也比南岸低了不少，奧吉麗婭和席格費不畏懼寒冷，術士羅賽可以操縱元素為自己保暖，只有黑松必須依靠棉衣和皮毛斗篷。

到了北岸之後，愛鬥嘴的羅賽和黑松都變得安靜乖巧起來。森林裡似乎氤氳著無形的威壓，讓人發自內心敬畏周遭的一切。

羅賽．格林拉了拉席格費的斗篷：「這裡不太正常……」

「怎麼了？」席格費問。

「這裡飄蕩著各種異界元素，和我們這個世界已有的元素混雜在一起，就像一盆被攪拌均勻的沙拉。這不符合常理。」

「你認為不正常的地方是？」

「正常情況下，元素不會自然調和在一起。要不是火蒸發水，就是水撲滅火，煉獄與神域相斥，亡靈與光明無法共存，如果把不同世界的元素大量堆積在一起，它們是不會自然而然融合的。我們在落月山脈時就是這樣，你身上的煉獄元素瀰漫整片山林，非常突兀且強勢，就像油和水不相溶一樣。

「但這裡不同，這裡存在著很多魔法波動，有很久之前的法術殘留，有異界生物留下的氣息，有不完整的神術脈絡，有神域、煉獄、死靈等等的力量，當然，還有正常的常見元素。

「我能感覺到每一樣東西，卻抓不住其中任何一個，因為它們被『梳理』得十分平均，十分有秩序，呈現出一種異常平穩的融合狀態。這種狀態不符合元素規則，只能是人為造成的。什麼樣的人……或者說，什麼樣的生物，才能做到這種事？」

席格費隱約知道答案——這估計是奧傑塔的傑作。

「這種狀態有什麼壞處嗎？」席格費問。

羅賽說：「對人體沒有壞處，只有好處。我們會變得很舒服，不會被其中任何一種異界元素傷害。但對施法者來說，就不見得是好事了。比如，如果森林裡出現了危險的異界生物、有人大規模喚起死靈、神術脈絡突然出現或消失，我們會無法察覺。

無論是遠距離監控，還是親身探查，都很難察覺，因為魔法波動一出現就被『梳理』了。」

席格費皺眉頭想像，羅賽又補充解釋：「你想像一個湖。你往裡面丟東西也好，下水游泳也好，湖裡的鱷魚爬上岸也好，這些行為都會引起漣漪甚至浪花，對吧？但如果這個湖永遠平滑如鏡，哪怕你往裡面砸隕石都不會掀起波浪，這樣正常嗎？」

席格費又與奧吉麗婭對視了一下。這應該就是奧傑塔做的，可是他們都不明白，奧傑塔的目的到底是什麼。

黑松也聽到了，身為法師，他也明白這種局面非常不正常。他有點害怕，想建議奧吉麗婭轉身返回，這種陰森寂靜的森林有什麼好玩的？即使有機會看到被焚燒過的冰原白塔，他也不想再繼續前進了。可是他不願意主動說出來，奧吉麗婭一點都不害怕，他怎麼好意思表現得膽小如鼠。

正想著這些，一抹光亮閃過了他的眼睛。他是四人中視力最好的，隔著很遠的距離和重重樹木，他發現前面有一片尚未結冰的水域。

羅賽用湖水舉例，結果前面居然真的有一個湖。奧吉麗婭拿出地圖，發現這正是與希瓦河相連的鏡冰湖。據說鏡冰湖會比希瓦河更早結冰，但現在希瓦河已經覆蓋了一層薄冰，鏡冰湖卻仍然波光粼粼。

她看向席格費，席格費也望著她。他們都感覺到了。奧傑塔就在前方。

他們加快腳步，跟在後面的羅賽和黑松幾乎跟不上他們的步伐。在快要走出湖邊灌木時，黑松突然大喊起來。

「停下，別過去！」眼看來不及，他乾脆抬手施展了一塊力場盾。盾很小，完全可以繞過去，但已經足以暫時讓那兩人停下腳步。

奧吉麗婭回過頭。黑松手裡拿著一個藍松石靈擺，石頭懸浮指向湖水，持續產生著細小的震顫。

「別過去，」黑松說，「有人正在湖邊施法。」

「我們可能認識那個人。」說罷，奧吉麗婭繞過力場盾，打算繼續前進。

「不，你們不認識。」黑松追了上去，「看到這枚靈擺了嗎？這是我的導師做的，它能夠偵測附近是否有人正在施展死靈魔法，還能分析出法術的大概構成。現在湖邊有人正在施展死靈學法術，而且那法術是我完全不瞭解的。」

奧吉麗婭皺眉：「死靈學？」

這就有點奇怪了。奧傑塔不可能使用死靈的力量。

聽著他們的對話，羅賽的表情也越來越緊張。黑松檢測到了有人正在施法，可是在羅賽的感知中，周圍的魔法波動仍然十分平緩，身為術士，他的元素感知力幾乎被這個地方剝奪了。

奧吉麗婭並不怕什麼死靈法術，她自己就是由死靈之力構成的。她想去查看，但黑松死死拉著她的手臂不放。

席格費無奈地看著他們：「還是我去看看吧。如果真的有危險，我好歹比你們要強壯得多。」

他後退幾步，在一陣黑霧中恢復了巨大的獅鷲形態，一躍沖上天空。

沒過多久，獅鷲歡快地轉著圈飛了回來：「真的是她！」

他甚至忘記用意識談話，而是直接喊了出來。奧吉麗娅掙脫開黑松的手，像一陣風似地跑向湖邊，黑松和羅賽面面相覷，不明所以，只能默默地緊隨其後。

湖邊的淺水處，站著一個身穿白袍的清瘦身影。

奧吉麗娅和席格費來到那人身邊，那人卻一動不動，好像處在白日夢中一樣。

躲在大樹邊的黑松忍不住感嘆：「這麼小的孩子，怎麼會獨自跑到鏡冰湖邊？」

羅賽奇怪地看著他：「什麼孩子？」

「就是湖邊那個啊，你看，他是個精靈的小孩，他怎麼會……」

「你眼瞎了嗎？」羅賽說，「那分明是個駝背的人類老太太。」

「你開什麼玩笑？那是個小孩子啊……」

他們的爭論並不奇怪。

奧吉麗娅撲向銀髮青年，雙手環著他的脖子，把臉埋在他的頸間。

席格費用獅鷲豐沛的羽毛輕輕蹭著兩個少女，抒發久別重逢的喜悅。

在奧吉麗婭眼裡，奧傑塔是一位銀髮雪膚的瘦高青年；在席格費眼裡，奧傑塔是與奧吉麗婭類似的年輕少女；黑松所看到的奧傑塔，是一個尚未成年的精靈幼童；羅賽眼中的奧傑塔，卻是個白髮蒼蒼的人類老嫗。

每個人看到的奧傑塔都不一樣。而且，奧吉麗婭和席格費早已知道並適應了這一點。

過了好一會兒，奧傑塔像大夢初醒一樣回過神：「席格費？奧吉麗婭？」

他的聲音很奇怪。聽起來似男似女，不老不少，像是匯聚了所有特徵，又像是不具有任何特徵。

「是我。」奧吉麗婭拉著他的手，「這下我們三個終於聚齊了。」

奧傑塔的臉對著他們，眼珠卻不自然地動來動去，像是在追逐什麼別人看不到的東西。

「我感覺得到，主人回來了，他就在這個世界的某處……」奧傑塔恍惚地說，「他是不是要你們找我，還要我們一起尋找位面薄點？」

奧吉麗婭點點頭。

「不要幫他找，至少現在不要。」

「為什麼？」奧吉麗婭和席格費吃了一驚。

奧傑塔又問：「他找回《編年史》與《頌歌集》了嗎？」

奧吉麗婭和席格費茫然地看著他。什麼《編年史》？什麼《頌歌集》？

奧傑塔催促道：「回答我，他找回那本書了嗎？」

「什麼……書？」奧吉麗婭看向席格費。

席格費歪著頭：「我也不知道……等等，我記得是有本書，好像奧傑塔還經常帶著它……是什麼來著……」

奧傑塔嘆了口氣：「我明白了。經歷漫長的時光，我們的記憶都多少有點問題，估計主人也是一樣。奧吉麗婭、席格費，我沒時間回答你們的所有提問。你們要記住我說的話，一定要記好——馬上回到希瓦河南岸，不要帶主人來，也不要繼續幫他找位面薄點，如果他還沒找到書，你們就不要提醒他，也不要幫他找，你們就當這件事不存在，直到我擺脫束縛……」

「束縛？」席格費伏低身體觀察奧傑塔，「什麼束縛？誰束縛了妳？」

奧傑塔說：「你們都知道，我現在的外表並不是我本來的面目，我的本體仍沉睡在霜原的某處。我沒辦法自己變回原形，因為我的力量被人剝奪了，而且此時此刻它還在繼續流失。」

他們三人之中，只有奧吉麗婭是人類外形，席格費和奧傑塔都不是人。

就像席格費可以變成紅髮男子一樣，奧傑塔也可以變化成人形。他的化形方式比較特殊，他可以化身為數量不定的類人生物，可以是一個，可以是三五個，也可以是十個甚至更多。他的所有化身都擁有同一個意識、同一個靈魂。化身的數量越多，別人眼中的形象就會越統一；化身越少，別人就會在少數個體身上看到不同的形象。

席格費問：「現在的妳只是化形之一，那妳的本體在哪裡？」

奧傑塔搖頭：「我也不知道。我的記憶會出現斷層，我甚至連自己十分鐘前在做什麼都想不起來。總之，有人在使用我的力量，割裂我的靈魂，我現在變得太衰弱了，我沒辦法抵抗。在對方控制我的時候，我能夠隱約窺視他的意圖，我沒有時間說得太詳細，我只能告訴你們，他也在找黑湖，他會利用我們和主人……」

說著說著，奧傑塔的聲音漸漸弱了下去，他又變回剛才的恍惚狀態，整個人一動不動，只有眼珠在亂轉。

席格費看著奧吉麗婭：「剛才黑松說有人在湖畔施展死靈法術，而且是他不瞭解的法術……」

奧吉麗婭在意識中回答：「奧傑塔的力量是神域之力，他根本不可能施展死靈法術。」

剛說完這句話，她面前的湖水突然掀起巨浪。一道半透明的巨型盾牌從水面下浮現，將她與奧傑塔分隔開來。

席格費及時躍上半空，他驚訝地發現，奧傑塔身後的水域開始翻騰。

「奧吉麗婭，快上岸！」黑松躲在大樹後面，施法升起護盾的正是他，「快點，妳就聽一次我的話吧！」

奧吉麗婭的動作十分迅速，像一道電光般撤回了岸上。與此同時，黑松的護盾被攻擊粉碎，冰晶般的碎片和水珠混雜在一起，簌簌地落回湖面，激起陣陣浪花。

奧傑塔還站在原處，雖然睜著眼睛，卻顯然沒有自我意識。

他身後的湖面上出現了數條大小不等的蛇形生物。它們的身體如水蚺，頭部是灰色的魔鬼利爪，掌心中嵌著一枚長有豎長瞳孔的眼睛。

剛才它們從水下瞬間躍起，撕碎了黑松設下的護盾。現在它們虎視眈眈地盯著岸邊所有活物，似乎在為偷襲失敗而氣惱。

同伴們都十分茫然，黑松卻立刻就明白這是什麼東西。他嚇得兩腿發軟，深呼吸了好幾次才冷靜下來，回頭一看，原本藏在自己身邊的紅禿鷲不見了，這個術士肯定也察覺到了危險，竟然一聲不吭地跑走了。

黑松拿出一枚草繩編成的蜻蜓，對著它的頭部說了幾句話，揚手把它送上天空。

傳訊用的蜻蜓會找到導師伯里斯，把這裡發生的事情及時告訴他。可是黑松沒有看到，當蜻蜓穿過森林，飛越希瓦河時，一隻灰色手掌蟒躍出水面，將蜻蜓輕鬆碾成碎片。

致施法者伯里斯閣下及家屬

四名冒險者停下腳步，望著前方割開森林的河流。

伯里斯站在河邊，兩手各掛著一枚靈擺，左手的是透明水晶，右手的是蛋白石。蛋白石垂直著一動不動，透明水晶則在不停地舞動，就像一支懸浮著作畫的筆。

「你就是在這裡跟丟她的？」伯里斯問。

奈勒爵士點了點頭。他站在法師斜後方，伯里斯根本看不到他，是艾絲緹替他出聲回答。

原本奈勒根本不接受其他人參與行動。艾絲緹和他談了很久，他才同意讓「伯里斯手下最優秀的學徒柯雷夫」跟來。他很尊重艾絲緹的導師，如果「柯雷夫」不僅能得到那位法師的讚賞，還能獲得艾絲緹的推薦，那應該是個可信的人。

但是洛特不行，奈勒一直強烈拒絕讓洛特隨行。他說洛特整個人都怪怪的，雖然說不出哪裡有問題，但他渾身都散發出不祥的氣息。

艾絲緹暗暗感慨，奧塔羅特信徒果然十分敏感，骸骨大君確實有異於常人的氣場，只是普通人很難察覺而已。

奈勒說自己並不是毫無根據地排斥他，除了不祥以外，他還覺得洛特這個人品格太差，不能信任。

到了黑崖堡之後，洛特一直興高采烈地到處閒逛，對騎士團毫不敬畏，對奧塔羅特聖像視若無睹，還經常傳播和打聽各種小道消息，看到年老的騎士就問人家以前有沒有折磨過法師，看到十幾歲的小騎士就問人家有沒有殺過人。

無奈之下，艾絲緹只好告訴奈勒：那位洛特先生必須跟來，因為他放心不下柯雷夫。他和柯雷夫的關係，差不多就是你和我的關係。

奈勒這才恍然大悟。王都的舞會上，他見過洛特和那個小法師跳舞，當時他只覺得奇怪，也沒有多想，還以為是因為他們不受歡迎所以沒有舞伴。

就這樣，伯里斯和洛特總算被奈勒接受了。艾絲緹複述勸說過程時，伯里斯的嘴角一直掛著嘲諷的微笑：我們願意幫你的忙，你還好意思嫌棄我們，真不愧是神殿騎士。

他們四人早晨出城，來到了麗莎出現過的郊野山林。奈勒爵士負責帶路，重新探尋他曾搜索過的區域。

不久前，奈勒追著母親的身影來到了林間小河。前面的人蹚過河水，從長袍下露出的小腿和腳部看得出來，她確實是一位女性。奈勒也跟著過河，距離對方越來越近，但奇怪的是，一過了河，那個神祕的背影就瞬間消失，到處都沒有她的蹤跡，簡直就像她被樹林吞沒了一樣。

伯里斯問：「過河後繼續向前走，是什麼地方？」

奈勒說：「沒有什麼特別的地方，只是一大片丘陵森林。繼續向西能走到亞姆山，就是落月山脈最南端的部分。」

「你們帶照明工具了嗎？」伯里斯問。

「照明工具？森林裡並沒有那麼暗。」

「不，不是在森林裡用。」法師動了動左手，透明水晶靈擺繼續按照一定規律顫動，彷彿正在勾畫著什麼，「奈勒爵士，我知道你為什麼會跟丟那個人了。對面的森林下面有一片巨大的地下空間，距離我們比較近的部分是自然岩洞，繼續向西深入，可能還有一整片人工修建的區域，我需要靠近才能分辨清楚。你追的人並不是消失了，而是鑽進了隱蔽的地下入口。」

「你怎麼知道？」奈勒相當吃驚。

伯里斯懶得解釋，反正艾絲緹會跟他說明。這兩個靈擺也是艾絲緹的，她知道要幫奈勒找人，所以提前做了準備，現在伯里斯來了，她就把靈擺交給導師使用。

蛋白石靈擺可以偵測不死生物，透明水晶能夠探知肉眼不可見的區域，比如被障目術保護的入口，或者偽裝的陷阱和密門。法師們也可以不借助工具，但臨時施法比較費時費力，不如用提前設置好的魔法物品更加便捷。

「總之，我們先過河再說吧？」艾絲緹建議道。

奈勒點頭，走過去直接把她橫抱起來。這動作十分自然，兩人都是一副理所當然的樣子。

河水特別淺，完全可以直接走過去，但奈勒不會讓公主的雙腳和衣服被冰冷的河水沾濕。

看到騎士抱著公主走進河水，伯里斯偷偷露出了欣慰的微笑。

這時，洛特突然一手摟住他的腰，一手勾住他的膝窩，伯里斯掙扎了一下，低聲說：「等等，大人，您不能飛！」

「誰說我要飛了，」洛特說，「我才不會當著那個騎士的面前飛，我只是要抱你過去而已。」

「不用了……我又不是公主，我可以自己走。」

「嘖，你是真的不懂嗎？」洛特說，「不是公主又怎麼樣？奈勒要抱的是『艾絲緹』，而不是『公主』，就算艾絲緹是個村婦，奈勒也一樣會抱她過河。」

說完，他不由分說地把伯里斯橫抱了起來。

奈勒和公主已經過了河，兩人一起面無表情地盯著伯里斯。伯里斯臉上發熱，想掙扎又不敢，因為這樣會顯得他很心虛。

涉水的時候，洛特故意多看了伯里斯幾眼。法師滿臉羞澀又故作鎮定，看著這有趣的表情，洛特心滿意足地笑了。

快到中午了，奈勒建議大家過河後先稍作休息。接下來還有相當大的區域需要搜索，可能會耗費大量體力。

坐在樹下吃東西時，伯里斯總是偷瞄奈勒和艾絲緹。他也不知道有什麼好看的，但他就是忍不住關注他們。

奈勒爵士素來嚴肅死板，艾絲緹則因為受過毒物侵蝕而無法露出笑容。這兩個面無表情的人肩並肩坐在一起，一個低頭看書，一個研究地圖。艾絲緹用手肘推了推奈勒，奈勒就把水袋遞到她嘴邊；奈勒打了個哈欠向後靠，艾絲緹就一邊看書一邊拿出眼罩幫他戴上。

伯里斯暗暗嘆氣，心情十分複雜。

洛特突然一手攬住他的肩，在他耳邊低聲說：「看著年輕人恩恩愛愛，你是不是羨慕了？不用羨慕，我們可以比他們更肉麻。」

「不……」伯里斯還沒說完，洛特就用力把他拉了過來，讓他半躺著依偎在自己肩上。

伯里斯掙扎著坐直：「並不需要！」

「別害羞，你的學生都不害羞，你在怕什麼？戶外活動的精髓之一，就是休息的時候要緊緊依偎在一起。」

法師揑了揑眉頭：「不，不是害羞的問題。其實那樣躺著並不舒服，反而會讓身體緊繃難受，根本沒有意義。您少看一點不符合現實生活的浪漫小說好嗎？」

洛特沒有反駁，而是認真思考起來。思考完畢之後，他走到伯里斯身後坐下，把法師整個環抱在懷裡，讓他向後靠著自己的胸膛。

「你說得有道理，我明白了。」洛特說，「現在可以了吧？以前我經常這樣抱著你休息。那時候你特別怕冷，沒辦法直接靠在冰冷的石頭或樹幹上，我就這樣當你的靠墊。你從來沒拒絕過，這樣躺著應該挺舒服的吧？」

他說的是六十幾年前。

那時伯里斯確實沒拒絕過。他渴望溫暖，渴望依靠，雖然尚不知道「黑袍死神」的身分，但他就是莫名地依賴這個人。

六十幾年前。

在趕路的時候，「黑袍死神」總是不停打斷伯里斯的睡眠。每當他睡得太久，黑袍人就會想方設法叫醒他，大概是怕他睡著睡著就醒不過來了。

他們身上沒有藥物，也沒有能夠充分保暖的庇護所。有一次，伯里斯在凌晨醒來，發現自己的臉頰靠著赤裸的皮膚，黑袍人解開衣襟把他環在懷裡，用外衣和長袍裹住了兩個人。

看他醒了，黑袍人指了個方向：「你看，日出的方向就是珊德尼亞，我們快到了。」

「這麼快？」伯里斯揉了揉眼睛。當年他並沒有想到，這種異常的行進速度應該是大君利用法術做到的。

伯里斯很虛弱，卻不想吃東西，黑袍人隨意地和他聊著天，如果他說累，就繼續抱著他睡覺。

大概是之前休息得還不錯，伯里斯現在頭不太暈，腦子也比較清醒，他終於忍不住問：「大人，您到底是誰？我知道，您並不是死神。」

黑袍人沒有生氣，反而還笑了笑。

他用溫暖的手掌撫摸著法師的頭髮，慢慢敘述了自己的來歷和身分。

伯里斯安靜地聽著，中途沒有插話詢問。

等黑袍人全部說完，過了一會兒沒出聲時，法師才問：「您被囚禁在亡者之沼……這是永久的嗎？還是有期限？」

「應該是永久的。」大君說。

「那要怎麼做才能讓您離開那裡？」

大君又摸了摸他的頭髮：「怎麼？小法師你想幫我？你做得到嗎？」

伯里斯虛弱地笑了笑：「現在的我肯定不行。如果您知道方法，您可以告訴我，將來……」

骸骨大君說：「我也不知道該怎麼做。可能我根本就不知道逃離的方法，或者我原本知道，但那份記憶遺失在漫長的歲月裡。小法師，如果你想幫我，你就要先好好活下去。我離開之後，你也要好好活下去。」

「我會的。」伯里斯說，「我還有很多事要做，我才不會隨便死掉……」

大君又把他摟得更緊了些：「你還有很多事要做？比如什麼？」

「我答應阿夏和威拉，要帶禮物回去看他們。」伯里斯自以為很清醒，其實說話時還是有點迷糊，「希瓦河……鏡冰湖都有手掌蟒……現在不行，將來我要把它們解決掉……」

骸骨大君偷笑了一下：「那些東西確實很噁心，還好我已經替你清理掉一大部分了。」

「我要繼續進修，」伯里斯說，「要學更多東西，成為很厲害的法師……比伊里爾厲害很多……」

「然後呢？」

「建一座自己的法師塔，去南方……這裡太冷了，我不喜歡……」

聽到這句話，大君把薄毯和禦寒衣物又裹緊了點，他一手摟著法師，另一手把那雙纖細的手握在一起。

「去一個四季如春的地方吧。」大君建議道，「萬一你真的成功把我放出來了，我就和你一起住在那裡。你一定要挑一個好地方。」

伯里斯半閉著眼睛，又糊塗又認真地點了點頭。

軟軟的頭髮蹭著骸骨大君的頸窩，大君忍不住偷偷親了一下法師的髮頂。

「我還想……要一間特別大的屋子……」小法師繼續呢喃著，「要有很大的弧形窗戶，一直開到天花板，我能坐在窗邊看書休息，而且室內永遠溫度適宜……這是客房……或者是臥室吧。還要有專門的圖書室……」

說著說著，伯里斯又睡著了。

當年的他不知道，骸骨大君一直微笑端詳著他的睡臉，並輕聲對他說：「我也想看你的塔和你的房間。所以你一定要記得來接我。」

致施法者

To Burris the Spellcaster and His Family Dependent

伯里斯閣下及家屬

Chapter 04

不知不覺，伯里斯靠在洛特懷裡睡了個午覺。洛特也睡著了，他夢見了很久之前的事情，伯里斯也一樣。

只不過，兩人夢到的並不是同一段往事。

夢總是沒有規律，有的毫無色彩，有的寂靜無聲，而且大多數都沒有邏輯。

但這個夢不一樣，它是真的。

不知道為什麼，洛特就是能莫名地感覺到，它是真的。

他夢到了一片血海。

起初，他以為那是他的故鄉，亡靈殿堂前的黑湖。但那不是。那是遍地的黑色鮮血，掩蓋著滿目瘡痍的大地。

血海之下埋葬著層層疊疊的亡骸，就像用屍體鋪成的地毯。有些屍體已化為枯骨，有些正在腐朽之中，也有些似乎剛剛死去，皮膚是柔軟的，眼睛睜著，手裡還緊緊握著已折斷的冰刃。

屍骨堆疊成山丘之處，豎立著一面斑駁破損的戰旗。旗子被血和濃煙侵蝕得面目全非，已經看不出原本的顏色，但旗幟中心的圖案卻依舊鮮明——那是一隻銀線繡成的獅鷲。

大概因為絲線上有什麼特殊工藝，獅鷲雖沾染了血汙，卻依舊在陽光下閃閃發亮，牠挺胸振翅，高抬前肢，彷彿正在向著蒼穹咆哮。

幾團飄忽的黑煙盤旋在戰旗附近，在碧藍的天空下顯得分外突兀。它們發出銳利嘶啞的聲音，像是威脅，又像在尖叫慟哭。

飄動在空氣中的力量猛然收緊，隨即又像海嘯般膨脹推開，黑色幽魂被那股力量焚毀，繡著白銀獅鷲的旗幟也被撕成碎片。

血海與屍塚開始慢慢移動。

它們逐漸加快速度，先是形成了巨大的漩渦，再開始占滿整個視野，變成腐朽的颶風。颶風逐漸加厚，風眼也逐漸擴大，暗色的屍骨盤旋狂舞，奪去了天空與大地本來的顏色。

洛特站在颶風中心，四周萬籟無聲。

突然，他聽到有人在呼喚他。有人一點點穿過風牆，艱難地向他靠近。隔著風暴，他能聽到他們的聲音，卻看不清他們的臉龐，只能看到一點點輪廓。

其中一人拿著一本書。一本厚重而巨大的、對他來說相當熟悉的書。

「該走了。」奈勒爵士拍了拍艾絲緹的肩膀。

其實他們兩人早已經準備好，奈勒只是在暗示艾絲緹，讓她去叫醒那個「學徒柯雷夫」，以及他懶惰的小伙伴。

奈勒不好意思自己去。他在兵營裡天天都看著男人，卻從來沒有看過兩個男人甜甜蜜蜜地依偎在一起睡午覺。

艾絲緹走近對面的大樹，輕聲說：「圖書室有明火。」

伯里斯突然醒了過來，順帶也驚醒了摟著他的洛特。

「圖書室有明火」是伯里斯在希爾達教院留下的陰影，不管他在做什麼，不管他睡得多熟，這句話肯定能讓他瞬間清醒。

他很吃驚，自己竟然在野外睡得這麼香甜、這麼毫無防備，連對面騎士匡啷匡啷的盔甲摩擦聲都沒吵醒他。

洛特醒來也是一臉迷茫。他伸懶腰的時候，伯里斯趕緊手忙腳亂地從他身邊爬走。

他回想了一下剛才的夢，由後往前回顧。

首先他想起了那本書。書有一肘長，半扠厚，書皮是金屬製成，一側是純然的漆黑，另一側鑲嵌著巴掌大的銀鏡。

以前他還以為自己沒見過那本書，現在書的模樣竟然清晰地出現在他的腦中。根據奈勒爵士的描述，其母麗莎就是拿著這樣的一本書。

洛特停止思索，整理了一下頭髮，笑嘻嘻地走到伯里斯身邊，假裝做了一個美夢。

伯里斯正拿著施法儀器探測地下洞穴。河對岸的森林裡根本沒有道路，對於一般人來說，別說是找尋地下洞穴入口了，就連正常行進都十分困難。好在他們有魔法的幫助，水晶靈擺可以幫施法者找到密道入口，還能進一步把隱匿區域的地形傳達到施法者腦中。

不一會兒，伯里斯便找到了入口。它隱藏在一叢灌木後，隱蔽在一塊半懸空的堅實土石之下，土石和灌木下的土地間形成了一個罅隙，而罅隙內別有洞天。就算你站在灌木前也看不到入口，它完全隱藏在視野盲區。

伯里斯閉上眼睛，在探測法術的基礎上又加上了一個投射法術，把自己感受到的東西直接投影在空氣中。入口下面是一塊扁平的空間，向前匍匐移動一小段距離，就可以摸到一處豎井，豎井有兩人寬，正常體型的人都能進入，下落大約半層樓高就能觸碰到地面，而前面是一條幽長黑暗的通道。

再往前，水晶就測繪不出來了，它的可探知距離有限，施法者必須一邊前進一邊探查。

奈勒爵士尋母心切，撥開灌木叢就鑽了進去……然後就被卡在了縫隙裡。大家好不容易把他拉出來之後，他才紅著臉俐落地脫掉鎧甲，僅留下一件鎖子甲和祭袍。

在扁平的縫隙裡移動相當困難，就連身材最纖細的艾絲緹都會偶爾被岩石撞痛，奈勒看到的女人竟然能在這種地方穿梭自如，可見她的身材有多麼瘦小。

進入豎井後就好多了，至少能把肢體伸展開。奈勒直接跳了下去，在下面接住公主，公主明明有緩速飄浮的法術卻故意不用，偏偏要跳下去讓奈勒抱住。

伯里斯又在唉聲嘆氣。他和洛特想找書，奈勒想找母親，那艾絲緹到底是來找什麼的？身為公主，在黑漆漆的隧道裡鑽來鑽去，頭髮沾滿灰塵，手掌乾燥粗糙。她沒什麼目的，她僅僅是想陪著奈勒而已。

伯里斯有點看不過去，可是又沒辦法說什麼，老人家管得太寬容易惹人厭煩。而且，他也不確定自己的觀點就一定是正確的。他的觀點是：公主就該端莊優雅、高高在上，法師就該以知識和遠大志向為目標。妳怎麼能委屈自己假裝微笑？怎麼能灰頭土臉地陪別人處理私事？

要是從前，他肯定會直接說出來，可是現在他已經沒有教育別人的底氣了。他花了六十幾年追尋的「遠大目標」就是骸骨大君，他怎麼好意思用「感情都是小事」來教育學生？

他又想起了那句話，那句被無數法師掛在嘴邊的話：我曾在奧法之神面前許諾，願尊魔法為唯一真理，視世俗利益次之……

現在一想，這句話簡直漏洞百出。魔法和世俗利益到底該怎麼區分？釋放傳說中的半神，還和他一起尋找神祕的古書，這到底算是魔法還是世俗？

洛特突然摸了摸伯里斯的額頭，伯里斯這才清醒過來。

「沒發燒。」洛特看著他，「你是不是不舒服？怎麼一直愁眉苦臉的？」

「沒有……」此刻，伯里斯又發現了一個自己的新弱點：不管剛才在想什麼事，想著想著就會開始思考自己與洛特。

這種症狀可能也是被洛特傳染的，屬於習慣性岔開話題症的一種。它不僅侵蝕了聊天對話，還連累腦內的思維方式。這個病肯定已經變異了。

四人順利進入通道內。奈勒爵士走在第一個，艾絲緹跟在他身後，操縱著兩顆懸浮光球——有艾絲緹在，這些探索途中的小法術都不需要伯里斯親自動手了。

伯里斯走在第三個，隨時留意著靈擺，負責替大家導航指路。洛特在最後面，自從剛才問伯里斯是否不舒服之後，他就一直沒有說話。

走過通道後，四人來到一片豁然開朗的空洞中。洞內一側是水潭，估計連接著地下水脈，另一側是地形漸漸升高的岩洞，應該能通到另一處入口，而前方有一塊小平臺，平臺上開始出現人工建造的痕跡——地上布滿破碎的石磚，對稱的立柱上爬滿青苔，一扇雙開石門位於平臺盡頭，兩扇門上各刻有一行模糊的文字。

由於道路一側是水潭，奈勒小心地攙扶著公主，生怕她一腳踩空。洛特也這樣扶著伯里斯，伯里斯拉住他的手，心裡暗暗吃驚——洛特的掌心微微潮濕，皮膚十分冰冷。

伯里斯繃緊了神經，他從沒見過洛特如此緊張。骸骨大君一向樂觀開朗，甚至還稍微有一點不太要臉，如果他都緊張得滿手冷汗了，那他心裡的祕密顯然不是能輕易說出口的小事。

四人快速走過平臺，穿過立柱群，來到了雙開的石門前。門上刻著一種陌生的文字，艾絲緹用詢問的目光望向伯里斯，伯里斯搖了搖頭。他不認識這些字，但他認得大門最上方的徽記。

除他以外，奈勒爵士也認識它，也許洛特也認識——那是代表「黑湖守衛」的徽記，是這位已逝神明的聖徽。

「偽神的神殿。」奈勒爵士做了一個驅除邪惡的手勢，「我還以為這種東西幾百年前就完全消失了。」

艾絲緹說：「它確實消失了，如果不是我們來到這裡，誰能發現這裡還有一個地下神殿？」

洛特忍不住問：「等等，你們一直把黑湖守衛叫做『偽神』嗎？祂是真實存在過的啊，只是在很久之前就隕落了而已。」

「這個……說起來有點複雜，」奈勒說，「如果你們是普通信眾，我根本不該和你們說這麼多，但你們是施法者，又是艾絲特琳殿下的朋友，那麼我可以告訴你們一些默禱者不會公開談論的事情。」

聽他這麼說，伯里斯偷看了洛特一眼。洛特何止不是「普通信眾」，他是個半神啊。他知道的可能比默禱者還多，他只是想聽聽看人類的說法而已。

奈勒繼續說：「很久以前，奧塔羅特神殿一直將黑湖守衛稱為『邪神』。後來漸漸有人指出，神明乃是高位的引導者，不應以正邪區分，如果要用正邪來形容神明，那豈不是要將遠古的煉獄生物也算作『邪神』，歸於神明之列？於是，我們漸漸開始使用『偽神』的說法，用這個詞來代指那些背離責任、背叛三善神的次級神。」

伯里斯點點頭。他對宗教學也有研究，這些東西對他來說並不陌生。

奈勒說：「你們都是研究者，肯定知道黑湖守衛隕落的故事。在諸神對抗煉獄的戰爭中，黑湖守衛受到魔鬼蠱惑，為魔鬼引路，帶著魔鬼進入神域。魔鬼想從這裡取道前往亡靈殿堂，刺殺吾主奧塔羅特，但這個計謀被吾主識破，於是吾主將魔鬼與黑湖守衛一同處決了……」

「我知道的版本不是這樣。」洛特插話說。

沒想到奈勒毫不驚訝，反而點了點頭：「對，這是諸多解讀中的一個版本，在《煉獄事典》裡還有另一種說法，但是一般的默禱者禁止信徒讀這本書。我父親是默禱者，所以我比一般的神殿騎士知道得多一些。你是不是白晝女神的信徒？據我所知，他們的神殿允許信徒閱讀《煉獄事典》。」

洛特當然不是了，但他什麼也沒說，只等著奈勒繼續說下去。

奈勒說：「關於黑湖守衛的隕落，還有另一種說法。祂在戰爭中被一個煉獄君主重傷，但魔鬼卻沒有殺死祂。魔鬼讚賞祂的勇氣和堅韌，想將祂納入麾下，而黑湖守衛也欣賞魔鬼的守序精神，想勸魔鬼棄惡從善。最終，他們達成了一個協議，黑湖守衛要跟隨魔鬼去一趟煉獄，魔鬼也要跟著黑湖守衛去神域居住一段時間，他們要深刻體會對方的一切，然後再做出判斷。

「就這樣，黑湖守衛跟著魔鬼去了煉獄，見識到了魔鬼的世界。過了一陣子，他們又回到人間，改由黑湖守衛引路，帶魔鬼前往神域。進入神域後，神域的通道被封閉，魔鬼被困在了黑湖之中。它認為自己遭到了背叛，於是與黑湖守衛戰鬥，最終他們雙方力量耗盡，同歸於盡，一起墜入了無盡的漆黑湖水之中。據說他們殘留在神域裡的力量並沒有消失，反而還創造出了一個被稱為『骸骨大君』的半神。當然，這就有點太具有傳奇色彩了，連《煉獄事典》都沒有這樣寫，而是一些更冷門的書上說的。」

說到這裡，奈勒停了下來，他發現艾絲緹和「學徒柯雷夫」都是一副渾身緊繃、屏氣斂息的模樣，那個洛特倒是轉頭看著大門上的字，好像什麼都沒聽進去的樣子。

騎士想當然地認為，這兩個法師肯定是嚇到了。法師看過的書比較多，看的書越多，人就越膽小。

更何況，關於黑湖的話題本來就比較恐怖。據說死靈法師的靈魂會直接沉入湖底，永不上浮，永無救贖。艾絲緹和她的朋友都是死靈學研究者，他們肯定不願意聽這些東西。

由於黑湖守衛被認定為偽神，奈勒並不太相信這個「死後沉底」的說法。他覺得所有人都會在奧塔羅特面前得到公正的審判。

雙開的石門從內部鎖住，艾絲緹和奈勒要想辦法開鎖。伯里斯懸著靈擺，讓大門內側的地形在腦中鋪開。

洛特什麼忙也幫不上，只是在一邊反覆欣賞門上的刻字。伯里斯想，也許他能看懂，畢竟他通曉世間一切語言，大概神術字元也不在話下，他只是不方便現場翻譯出來而已。

趁著公主和騎士沒注意，伯里斯悄悄問洛特：「《煉獄事典》說得對嗎？」

洛特搖搖頭，看著大門高處的聖徽，有些恍惚地說：「誰知道呢？我要找到那本書才能知道……」

引路者撰寫《子夜編年史》

後來人傳唱《白銀頌歌集》

石門上刻的就是這兩行字。它們並不是神術字元，而是一種已經失傳的古代文字。洛特巴爾德已經很久很久沒有見過這種文字了。上一次見到是在什麼時候？那時候十國邦聯還沒建立，薩戈王國還沒出現，他也還沒被囚入亡者之沼。

多虧了門上的文字，洛特突然想起那本書的名字了。《編年史》與《頌歌集》，一側是鐵黑色，一側嵌有銀鏡，書頁的兩個部分之間用一塊薄薄的祕銀隔開……

忽然，他的頭腦一陣混亂。他並不是「感覺到了」古書，而是他原本就認識，甚至相當熟悉這本書，他只是忘了它，就像他忘記過很多很多東西一樣。

他存在於世這麼多年，目睹過的事情太多，能記得住的卻非常有限。人類也一樣，人類也記不住過往生活中的每一件事，幼兒時期的記憶甚至一片模糊。

洛特巴爾德遺忘了很多東西。沒有人陪他強化那些記憶，也沒有人能在幾千年後提醒他不要忘記某個人或某件事。他從不強行要求自己記住什麼，因為那根本沒用。

現在他身在黑湖守衛的神殿裡，距離那本古書越來越近，熟悉的感覺再次湧上心頭，早已淡去的記憶似乎開始復甦。

奈勒爵士剛想推門，伯里斯卻攔住了他：「等等，我們要做好準備。」

「喀塔」一聲，門開了——神殿騎士和公主一起撬鎖的畫面可不是天天都能看到。

「什麼準備？」

「門後面有大量的不死生物。」

奈勒爵士把手放在劍柄上：「那正好，我很樂意送它們重歸安眠。」

伯里斯嘆氣：「重點不是『不死生物』，而是『大量的』。真的非常多，多到我都數不過來，如果你打開門，你會看到滿坑滿谷都是不死生物，一眼望不到邊際那種。」

說完，他把蛋白石靈擺交給艾絲緹：「公主，妳來感受一下。」

艾絲緹果然嚇了一跳：「怎麼會有這麼多？」她看向奈勒，「黑崖堡一帶常有不死生物襲擊人的事件嗎？我怎麼從沒聽你提起過？」

奈勒回答：「我們並沒有發現什麼威脅，黑崖堡和海港城的百姓也從來沒有遭遇過活屍……」

「難道它們都是乖巧的不死生物，從不出門？不打擾活人？」

「還真的有可能。」伯里斯把手貼在石門上，輕輕敲了敲，「你看，我們在外面又談話又開鎖的，按理來說它們早就發現我們了，但它們只是安安靜靜地留在裡面，沒有任何騷動。它們似乎並不在意我們。」

奈勒說：「也許它們想偷襲。」

「不像。」伯里斯說，「總之，你們退遠一點，讓我來開門。」

「你確定？」奈勒打量了一下這個年齡比艾絲緹還小的法師。

伯里斯只好說：「你要負責保護公主。要是我無法應付，你們再來幫我。」他的施法劣化症狀已經逐漸好轉，距離完全痊癒應該不遠了，所以他並不擔心亡靈，他可以應付。

奈勒抽出劍，護著艾絲緹退開了一段距離。洛特也象徵性地後退了幾步，極為少見地沒有發表任何看法。

伯里斯準備了一個簡單的力場護盾，防止在開門瞬間受到敵人的衝擊，然後用隔空觸物的法術推開石門。

石門被打開後，小光球慢慢飄進去，照亮了門內的事物。這是一間寬敞的大殿，應該是神殿的大禮拜堂。伯里斯判斷得沒錯，殿內真的有大量不死生物。它們密密麻麻、擁擁塞塞，甚至層層疊疊，淹沒了地板，掩蓋了聖壇，真的一眼望不到邊際。

連伯里斯都忍不住倒吸了一口冷氣。雖然能探知出不死生物的大概數量，但親眼看到這種畫面也是挺震撼的。

它們醒著，但意識不太清晰。伯里斯收起護盾，向前走了一步，靠近門邊的幾個屍體察覺到他，稍稍向後擠了擠。

奈勒見狀也跟了上來。神殿騎士總是習慣走在第一個，躲在後面總會顯得有些不夠英勇，當他靠近時，不死者並沒有像剛才那樣順從地後退，它們好像受到了驚擾，開始一個個掙扎起來。

伯里斯伸出手臂，把奈勒擋在後面，口中念念有詞。他念的是一種非常初級的咒語，它能夠安撫不死者，讓其暫時克服驚懼焦躁的本能，進入一種懵懂順從的狀態。

之所以說它初級，是因為它只能安撫，不能進行操縱和壓制，更無法應付危險的敵人。有趣的是，這個咒語對一部分動物和人類嬰兒竟然也有效，也不知到底是哪個法師最先拿嬰兒試驗的。死靈法師們開玩笑地把這個咒語叫做「搖籃曲」。

搖籃曲安撫了一部分屍體，卻不能讓整座大殿都平靜下來。屍體們一個接一個地醒來，有的呆若木雞，有的躁動不安，也有的似乎根本沒發現入侵者，只是在屍群中神經質地鑽來鑽去。

伯里斯又深入了幾步。屍體們既不敢觸碰他，也不會專門為他讓路，它們就像液體一樣在大殿內流動，相互摩擦出各種噁心的聲音。

伯里斯草草觀察了一下，這些屍體來自不同年代，甚至來自不同地區，死期最近的可能是幾十年，最遠的已經判斷不出年代。偵測了一下附近的魔法波動後，伯里斯確信這些屍體沒有被人操控，它們全都是自由自在的活屍。可是，如果無人操控，這些不同地區、不同時代的死者為什麼會自動聚在一起？

一旁的奈勒爵士好幾次想揮劍砍殺屍體，都被艾絲緹攔了下來。艾絲緹說這裡的情況不正常，讓他不要輕舉妄動，畢竟這件事涉及他的母親，奈勒只好垂下劍鋒，但一直緊繃著身體。

隔著湧動的屍群，奈勒看到了大殿深處牆壁上的標誌。代表月亮的圓形圖案中嵌著流淚的眼睛，眼睛周圍是多刺的荊棘柵欄——這是黑湖守衛的聖徽，而且是古書上未經簡化的舊式聖徽。

洛特也走進大殿，站在伯里斯身邊。他旁邊的活屍立刻向後退縮，為他讓出了一塊空間。伯里斯接近時，屍體也會移動，但面對洛特，它們的退讓速度顯然更快。

奈勒和艾絲緹都沒有留意到這個細小的變化，伯里斯卻看得清清楚楚。

洛特指了指對面牆壁上若隱若現的圖案：「這座地下神殿起碼有幾百年，甚至有上千年的歷史了吧？在外面幾乎見不到這個聖徽了。」

奈勒聽到後稍顯吃驚：「你也懂這些？你是在哪個神殿受訓的？」

伯里斯替洛特回答：「他平時喜歡進行宗教和逸聞研究，但他本人是無信仰者。」

「原來如此。」奈勒感嘆，「我還以為你是在神殿受過訓的法師，還覺得你的氣質不像呢……」

洛特繼續說：「據我所知，信仰黑湖守衛的人應該早就絕跡了。黑湖守衛沒有來過人間，也沒有留下神術脈絡，祂的牧師僅僅是為了信仰而存在，他們根本沒有獲得神術的可能。」

「表面上他們是絕跡了。」奈勒說，「但是在民間，各類偽神信仰一直沒有完全消失。那些牧師輕則傳播歪理邪說，重則欺詐斂財坑害百姓，他們在各國之間流竄，總是抓捕不完。」

洛特嘖嘖搖頭：「我知道偽神牧師。什麼『治癒山泉之神』、『山林聖獸』、『祝福婚姻的百合女神』，這些全都是胡亂編造出來的形象。但黑湖守衛不一樣，祂是真的存在過。你們把黑湖牧師也當做偽神牧師看待，這就有點……」

說著說著，他回頭看向奈勒：「我突然想到，你媽媽麗莎大概就是黑湖牧師吧？」

奈勒下意識想說「不可能」，最終卻只動了動嘴，沒有說出口。他也想到了這個可能性，他只是不願意相信。

從已知的情形看來，麗莎應該就是偽神牧師無疑。據說黑湖守衛的牧師們一直隱祕地活動著。他們沒有固定的集會場所，也沒有可以公開展示的祭袍或聖物，他們一代代傳承著信仰，默默地四處流浪，以歌謠、戲劇等才藝為生，並堅持不懈地尋找著逝去之神留下的一切痕跡。歷史資料、神跡遺物和古代神殿，只要是和黑湖守衛有關的東西，都是牧師們追尋與傳頌的目標。

就算麗莎女士是黑湖牧師，她又和這麼多屍體有什麼關係呢？伯里斯正低著頭思考，目光正好對上一具乾屍的手腕。

那裡有個疤痕，不像是意外受傷，更像是刻意割劃留下的。

他皺了皺眉，蹲下來抓住另一具屍體，屍體身上的布料還沒完全腐朽，伯里斯掀開它的衣服，從手臂一直觀察到腳踝，屍體的肋部有一個模糊的印記，輪廓和上一具乾屍手腕上的疤痕非常像。

伯里斯開始在屍體中翻找。屍體們能動，似乎還想躲他，但它們行動太遲緩，想爬開的也會被抓回來。

奈勒不適地看著這一幕，悄悄問公主：「他在幹什麼？」

艾絲緹也有點不適。她很少親手翻弄屍體，需要這樣做時她通常會操縱魔像代勞。

「他好像找到了什麼……」艾絲緹嘟囔著，隨便一瞥，正好看到腳邊的乾屍裸露的乾癟大腿上，也有個已褪色變形的紋身。

過了一會兒，伯里斯站起來，拿出濕手巾擦著手：「我明白了。真是難以置信，這些活屍都是黑湖之主的牧師。」

奈勒一臉震驚：「這麼多？偽神牧師有這麼多？」

伯里斯說：「平均起來也不算多。這些活屍來自不同地區，他們身處在不同年代，都追尋著逝去之神，成功找到了這座古神殿，然後……他們都選擇死在了神殿裡。

「黑湖守衛的信徒都是背井離鄉的流浪者，找到神殿後，他們就把神殿當做庇護所。等到老死或病死時，這些信徒就相當於隔著時空團聚在一起了。你們看這些痕跡——」伯里斯指著乾屍的手臂，「黑湖守衛被定義為邪神、偽神，所以祂的牧師也不敢持有聖徽。於是，牧師們換了一種隱祕的方式，把聖徽簡化版的紋樣留在了身體上。它們可以是紋身、烙印或者疤痕，身處的年代不同，牧師們選擇的手法也不一樣。」

艾絲緹問道：「那屍體是怎麼被轉化為不死生物的？按理說只有兩種方式能喚起亡者，一種是使用奧術死靈學裡的魔法，一種是依靠神術脈絡，可是黑湖守衛不是沒有留下神術嗎？」

「那就說明，這種說法也許是錯的。」伯里斯說，「顯然逝去之神也留下了神術脈絡，雖稀少難尋，卻相當強大。這群屍體都是被那股力量喚起的，由於無人加以控制，所以它們根本沒有清晰的意識。」

說完，他看了身邊的洛特一眼。今天的洛特分外安靜，除了必要的交談外基本沒說什麼廢話，簡直正經得讓人不太適應。

他肯定感覺到了黑湖守衛留下來的力量，那股力量多半就在他要尋找的古書上。

伯里斯隱約有一種感覺：骸骨大君並不是因為好奇而想要那本書，也不僅僅是為謀求力量而尋找黑湖。今天洛特異常的沉默中不僅有專注和渴望，也有一絲若有似無的恐懼。

正想到這裡，洛特終於又開口了：「我們是不是應該繼續探索？站在這發呆也太浪費時間了。」

說罷，他朝著大殿聖壇的方向走去。

當洛特邁步時，他腳邊的屍體必定會想方設法移開，隨著他慢慢前進，屍體們推推擠擠地後退堆高，堆疊成了峽谷，替他讓出了一條細細的道路。

伯里斯緊緊跟在洛特身後，回頭看了艾絲緹一眼。艾絲緹知道這不是導師做的，但她必須對奈勒說是死靈法師的施法效果，畢竟奈勒不知道這裡其實站著一個半神。

依照神殿的構造，聖壇後方應該有通向其他方向的小門。隨著屍群後退，斑駁殘破的聖壇終於露出了原本的面目。聖壇後方果然有通道，大概是通往神殿的起居休息區。

通道內漆黑一片，只有最深處亮著一簇橘色微光。奈勒爵士擠到最前面，這次他終於有了持劍走在第一個的機會。

他的腳步沉重，鎖子甲和劍鞘還匡噹作響。大家還沒走幾步，通道盡頭的橘色光亮卻突然晃了晃，好像被一個影子擋住了。

影子發出一種乾澀詭異的聲音，像是在笑，在說話，但誰都聽不懂它說了什麼。

奈勒停下腳步，大聲斥問對方是什麼身分。

致施法者伯里斯閣下及家屬

那個聲音又說了好幾個詞。伯里斯仔細分辨，發現那人確實在說話，她在笑著，不斷重複著一句話——

「讀完了，我沒有遺憾了。讀完了，我沒有遺憾了。」

致施法者伯里斯閣下及家屬

To Burris the Spellcaster and His Family Dependent

Chapter 05

通道盡頭有個神龕，裡面點著幾盞蠟燭，燭光只能照亮牆壁下的一小塊地面。地上鋪著幾條骯髒破舊的毯子，毯子上坐著一個瘦小的女人。

她蒼老而邋遢，灰白的頭髮垂落地面，整個人灰濛濛的，看起來和大殿裡的活屍幾乎沒什麼區別，但當燭光映照在她的面頰上時，她的眼中卻流溢出金子般的光彩。

她懷裡抱著一本書。書有一肘長，半扠厚，封皮上包著黑鐵，嵌著一枚鏡子。

地下神殿已經荒廢太多年，沒有坍塌就已經不錯了，這裡根本不適合居住，可是偏偏有人可以在這裡住了幾十年，每天與噁心的活屍為伴。

艾絲緹用眼神詢問奈勒：是她嗎？

奈勒覺得是。這個女人應該就是他的母親麗莎，他能夠感覺到那種血緣的呼喚。

可是他又不太敢確信。這個瘦弱憔悴的拾荒者，真的是麗莎嗎？在他模糊的記憶中，母親美得就像一場夢。她有綢緞般的黑色捲髮，湖水般的碧綠雙眸，她雪白的手指既可以靈活地撥動琴弦，彈奏出輕快美妙的樂曲，也可以溫柔地牽著他的手，慢慢拍著他的肩膀讓他入睡。

想到這裡時，他正好眼神一偏，看到了牆角的魯特琴。那確實是麗莎的琴，琴身上有一道劃痕，正是年幼的自己無意留下的。

奈勒向前一步，艾絲緹攔住他：「小心點，先別碰她。」

騎士眼眶發熱：「她是我的母親，她不會傷害我的。」

艾絲緹說：「她當然不願意傷害你，但前提是，她認識你才行。」

說著，她驅使光球靠近麗莎。麗莎眼中閃過一絲迷惑，慢慢抬起頭，看向走入通道的四人。

她的目光十分古怪，就像是看不清幾步外的東西一樣，如果不是因為那枚光球，她甚至都沒注意到有人進來。

「我不想這樣說，但是……」艾絲緹搖搖頭，「她的精神看起來並不正常。」

奈勒問：「怎麼會這樣？她生病了？還是某些魔法造成的？」

艾絲緹回頭望向伯里斯。走進來後，伯里斯已經做出了初步判斷：這小小的空間內沒有任何魔法，唯一的異常就是女人懷中的書。

無論是這個女子的異常狀態，還是神殿內大量復甦的屍體，應該都是這本書的力量造成的。

伯里斯走了過去，隔著一段距離蹲在麗莎面前。他讓光球按照一定的規律移動，借此觀察麗莎眼睛的反應，接著又打了幾個響指，隨便問了幾句話。麗莎一直沒有回應他，她非常遲鈍迷糊，連最簡單的詢問都無法做到。

伯里斯從腰包裡拿出一張長條狀的錫箔紙，將它折成簡易的剪刀形狀，輕輕丟在半空中。錫箔紙懸浮起來，跟隨法師手指的動作慢慢移到麗莎身邊，從她乾枯的灰頭髮中挑起一小縷，「喀嚓」一聲剪了下來，它帶著髮絲升到高處，噗地化成了一團火焰。

致施法者伯里斯閣下及家屬

灰燼從火苗中簌簌落下，剛好落進了伯里斯準備好的白色手帕之中。伯里斯取出一枚淚形水晶，把它包裹在沾著頭髮灰燼的手帕裡，開始念誦咒語。

麗莎對奇奇怪怪的法術視而不見，奈勒和洛特倒是一左一右站在艾絲緹兩邊，不停地問「他在幹什麼」、「這是什麼法術」、「他手裡什麼」、「這個有害嗎」、「他為什麼拿出棒棒糖」。

艾絲緹覺得自己變成了競技場上的解說員，不斷為貴賓席觀眾解釋伯里斯的施法動作，於是她背誦了一遍法術描述：「他施展的是『重現殘影』，屬於高階視覺幻術的一種。此法術用到的咒語非常複雜，施展難度較大，失敗幾率很高，相當考驗施法者的經驗和感知能力。法術能夠重現同一地點內受術者身上曾經發生的動作，在偵緝案件或自然探索領域起到了重要作用。」

描述出自《帶你瞭解高階法術的效果》。這是一本通俗讀物，不能教你施法，也不能幫你明白真正的原理，只能讓你大致瞭解法師們可以做些什麼。這本書是伯里斯五十幾歲時寫的，主要是為了讓那些不懂魔法也不想學魔法的人瞭解法師這個群體。

看著伯里斯閉眼念咒語，洛特抱臂靠在牆上，皺眉思索了起來。

伯里斯可以喚起高階法術，這說明他的靈魂不同調症狀基本痊癒了。這恢復速度和洛特預想的差不多，算是比較順利。

但洛特自己的劣化問題卻依然存在，病情毫無起色。他仍處於失去一切施法能力的狀態，想施法就只能靠嘴。在他原本的估算中，他的能力也該隨著時間慢慢恢復才對。

這時，伯里斯的咒語念完了，他退後站在牆邊，給幻影效果留出了充足的空間。

「法術效果要過一小會才會出現。」他對大家解釋，「這位女士的狀態不太正常，我們暫時沒辦法用正常方式和她溝通，所以我想，不如直接用法術來重現吧。」

等待法術起效的時候，洛特湊到伯里斯耳邊：「其實我能直接治好她。」

伯里斯指指嘴唇，洛特點頭，伯里斯趕緊眼神嚴肅地搖頭。也許半神真的能治好麗莎的失常，但就算能治好，他也不能當場動手，這好歹是奈勒爵士的母親，他上去親人家也太驚悚了。

很快，法術效果開始顯現。以坐在地上的麗莎為中心，空氣中浮現出了數條半透明的銀色絲線。絲線像蛛網一樣鋪開，一端連著麗莎，一端伸展向神殿外，還有一端落在了伯里斯手裡。

通道入口處出現了一個模糊的影子。影子越走近，輪廓就越清晰，漸漸地，一個黑髮綠眼的年輕女子出現在大家面前。

這是年輕時的麗莎，她懷抱著方形布包，穿著貴族婦女的衣裙，長長的黑髮披散在身側，斗篷上還掛著林間的露水。

奈勒低聲驚嘆了一下，忍不住伸手去觸摸她。毫不意外，他的手指穿過了女子的肩膀。活人無法碰觸到幾十年前的幻影。

年輕的麗莎站在通道裡左顧右盼，緩緩走進了右側的一扇門。她簡單整理了一下地面，點亮隨身攜帶的提燈，從布包裡拿出厚重的古書，把書翻到中間的某頁，坐在石板地上開始閱讀。

接下來，她沒有做任何其他事情，她只是一直在這裡看書。

她看得很慢，很久也沒翻過一頁，幻影並不能重構書本的文字，所以旁觀者也不知道她究竟在讀什麼內容。

伯里斯操縱著絲線，加快了影像的速度。加速之後，麗莎離去又再次歸來，每次都只是來這裡看書，除了看書之外，她還面朝大殿祈禱過幾次，並帶來了一些蠟燭和其他生活用品，把它們囤積在房間的角落。

影像加速得越來越快，麗莎一次又一次出入通道。直到某一次，事情似乎發生了變化。她憔悴而邋遢，穿著簡單的家居長袍和室內鞋，除了那本書以外，什麼都沒有帶來。

這次之後，她再也沒有長期離開過地下神殿。偶爾她也會離開，然後帶回來一些食物或破舊的毯子，神殿某處好像有個水井，她定期去打水，一桶水能用上很久很久。

影像加速得更快了。接下來的內容十分枯燥單調，基本都是她在看書、看書、看書。

她的皮膚逐漸乾枯黯淡，秀髮從烏黑變為灰白，有時候，她虛弱得連坐都坐不起來，卻還是倚靠在牆角閱讀著那本書。

她逐漸衰老，書本未讀的一側逐漸變薄。等到她如今天一樣憔悴時，書只剩下最後一頁了。

終於，她讀完了這本書。她艱難地移動身體，向著大殿的方向微微欠身，第一次開口發出了嘶啞的聲音：讀完了，我沒有遺憾了。

然後幻影消失。所有透明絲線都回到了伯里斯手裡，遁入水晶之中。

奈勒爵士愣愣地看著幻影消失的地方，又看了看仍委頓在地的麗莎，他突然眼睛一紅，朝著母親大步走去。

艾絲緹再次攔住他：「我不是說了嗎？她的情況不對，別隨便碰她。」

「她會說話。」奈勒抓住艾絲緹的肩，「妳聽見了，她能說話。看了那些畫面後，我明白了一件事，是那本書把她折磨成這樣的。那一定是偽神的邪典，我不能讓它繼續控制她……」

艾絲緹堅持不肯讓開：「如果書是邪典，你就更不能碰它了。你忘了我教你的嗎？遇到不瞭解的古董和古書，絕對不能直接觸碰。」

奈勒堅定地做了個祈禱的手勢：「我不畏懼偽神的詛咒，吾主奧塔羅特會幫助我的。」

說罷，他將阻攔自己的艾絲緹整個人抱起來，一轉身把她放在了身後。艾絲緹伸手拉他，而他已經躬身靠近麗莎。

也許因為他靠得太近，即使麗莎精神不正常，她也能察覺有人在旁邊，她抱著書扭轉身體，盡力閃避，奈勒只碰到了她的肩膀。

突然，一隻有力的手攥住奈勒的手腕，把他拉到了一邊。洛特抓著他，一臉苦不堪言的表情。

奈勒掙扎了一下，沒有掙脫。他有些吃驚，聽說這個洛特是學者，學者竟然有這麼大的力氣？

洛特向前一步，奈勒也不肯退縮，在他們兩人身後，伯里斯捏著眉心低著頭，完全明白接下來要發生什麼；艾絲緹也露出頓悟的表情，一手撫胸，一手扶額。

奈勒認為洛特要對他說教，甚至可能要為邪典辯白，或者，往好處想，也許洛特是想幫他一起把書拿出來？

他怎麼也想不到，洛特竟然以猶如近身刺殺的速度欺身上前，一手仍抓著他的手腕，另一手扼住他的咽喉——然後極為驚悚地吻上了他的嘴唇。

在震驚與法術的共同重擊之下，奈勒瞬間昏倒。穿著鎖子甲的高大身體倒在地上，發出一陣匡噹嘩啦的巨響。

艾絲緹看了看腳下的騎士，又看看伯里斯：「導師，我現在的心情十分複雜……」

我心情也很複雜啊。伯里斯苦澀地想著。

洛特雪上加霜地解釋道：「這還不算什麼。等一會兒我還要找機會再親他一次，幫他灌輸一些虛假記憶，讓他不記得我們對他做了什麼，這個法術比較複雜，我可能要親好長一段時間呢。」

艾絲緹蹲在奈勒身邊，面帶歉意地看著他熟睡的臉。伯里斯拍拍她的肩：「如果他清醒著，我就沒辦法把書拿走。他會阻止的。」

公主嘆了口氣：「其實他最主要的目的是找母親，不是找書。」

伯里斯說：「但他肯定會問我拿書幹什麼，還會提出把書帶回神殿。我們怎麼和神殿騎士講道理？沒辦法，只能騙他了。」

「可是他從小就記得麗莎有一本書，我們該怎麼讓他忽視這件事？」

「找一本假書騙他。」

艾絲緹感慨道：「我真的不願意再對他撒謊了，但好像也沒別的辦法。」

她只是隨口一說，洛特在旁邊聽著，心裡卻有種刺刺的感覺。他搖搖頭，走向渾渾噩噩的麗莎。

正要碰到她懷裡的書時，那本書卻自己飛了起來。它謹慎而敏捷地繞過麗莎和洛特，飛到了伯里斯身邊。

法師腳下攤開著一張黑色方巾，內部繡滿咒文，四角連著銀墜子。書躺進方巾中心，方巾立刻向內折疊，把書緊密地包了起來。

伯里斯戴上皮手套，觸碰黑色包袱，包袱的體積驟然縮成了針線包的大小。法師把它單獨放在一個空的布袋裡，還在袋口又加上了幾道防禦咒語。

做完這些之後，伯里斯長舒了一口氣。他嚴肅地看著洛特和公主：「在不瞭解這本書之前，我們最好誰都不要碰它。」

洛特表面上點了點頭，眼中卻流露出一絲轉瞬即逝的遺憾。

「好吧，我們以後再研究那本書。」他蹲了下來，扶住麗莎的肩膀，「現在我試試能不能治好她。」

奈勒爵士醒來的時候，已經是一天後的黃昏了。他第一反應就是去摸自己的劍。劍不在，盔甲也不在，鱗甲也不在，褲子也不在，甚至連襪子都不在。他驚恐地坐了起來，還好，身上還有一件薄薄的棉布長睡袍，這種輕飄飄的衣服太沒有存在感了。

他戒備地四下環視，發現這裡並不是地下神殿或漆黑的通道，而是一間樸素乾淨的旅舍的標準客房。他的個人物品都好好地擺在桌子上，長劍下面壓了一張字條，是艾絲緹的筆跡。

她告訴他，這裡是黑崖堡內的灰雁旅店，昨天他們用法術離開了地下遺跡。

奈勒想起來了。昨天他們遇上了小範圍坍方，他撲過去用身體保護公主和麗莎，好像是被什麼砸到了頭。

他花了點時間穿好衣服，對著盔甲猶豫了一下，最後還是把它們放在原處。

木門「吱呀」一響，艾絲緹正好來找他。她帶他到隔壁，麗莎正在和年輕法師低聲談話。

麗莎半躺在床上，靠著厚厚的枕頭，全身蓋在鴨絨被裡，肩上還披著薄毯。她灰色的乾枯長髮被清潔梳理過，綁成了一條鬆垮的細辮子，說話的時候，她會無意識地慢慢撚著髮辮，這一點，與奈勒兒時記憶中的母親一模一樣。

昨天的麗莎眼神混沌、精神萎靡，連有人靠近都沒有反應，今天她已經完全恢復正常。現在她眼神清明、語氣和緩，除了比同齡女性憔悴衰弱之外，與普通人也沒什麼區別了。

她床邊放著好幾本書，都是宗教概述、地方傳記之類的，年輕的法師「柯雷夫」捧著一張地圖坐在床邊的椅子上，麗莎從被子裡伸出枯瘦的手，指著地圖上的一些東西，低聲對法師說著什麼。

她會說話。她的聲音很難聽，經常說到一半停下來想詞彙，還經常因為咳嗽而說不出完整的句子。但她確實會說話。

奈勒爵士怎麼也想不明白，既然嗓子沒有問題，她為何那麼多年一言不發？

艾絲緹也走過去坐在麗莎身邊。這些法師好像都和麗莎很熟似的，奈勒慚愧地意識到，在自己昏睡期間，肯定是公主和法師在照顧麗莎，所以麗莎很信任他們。

至於那個叫洛特的「學者」，看起來就靠不住，也不知道他跑到哪裡去了。

年輕法師「柯雷夫」站起來清了清喉嚨，在尷尬的氣氛中為這對母子介紹了一下彼此，又大致講了一下這一天發生的事。無非就是進入地下神殿然後發生坍方什麼的。

聽完之後，奈勒問：「我們都平安離開坍方的通道了，那麗莎的書呢？帶出來了嗎？」

伯里斯和艾絲緹飛速交換了一個眼神，艾絲緹試探著問：「你說的是那本歷史書？」

奈勒仔細想了想：「不是……我是說，我也不知道那是什麼書。我母親長期帶著一本書，書皮是金屬的，一側還鑲著鏡子。」

兩個法師頓時脊背一涼。骸骨大君應該已經干擾了奈勒的記憶，他怎麼還記得這本書？難道這本書對人的影響太大，大到連半神都沒辦法抹去關於它的記憶？

好在艾絲緹反應夠快。她塌著肩膀坐在床邊，一臉痛惜之情：「哦，我說的歷史書也是指它。不提還好，你一提……」

奈勒緊張起來：「怎麼了？」

「太可惜了。地下遺跡不是坍方了嗎？我們沒來得及把它拿出來。當時情況很危險，你為了保護我而昏倒，那位洛特先生扶著你，我則保護著麗莎，是柯雷夫用魔法帶我們出來的，我們竟然誰都沒有去拿那本書……」

聽她這麼說，奈勒臉上的陰霾一掃而光：「這樣也好，那很可能是一本邪典，是危險品。」

說完之後，他在狹小的客房裡來回踱步，看看窗外，又看看母親，眼神中隱隱有些興奮。伯里斯見過這種神態，赫羅爾夫伯爵在出門前和吃飯前就是這副樣子。

奈勒終於組織好了語言，想開口說些什麼，麗莎卻搶在了他前面：「不要告訴默禱者。」

奈勒一愣。久別重逢，母親沒有試圖親近他、擁抱他，也沒有主動問他任何事情，她這輩子對他說的第一句話，竟然是「不要告訴默禱者」。

然後又是第二句話：「不要告訴默禱者我還活著，更不要讓他知道你在找我。這沒有意義。」

奈勒皺眉：「但是，父親和哥哥有權知道……」

麗莎直視著他，面色疲憊，眼神卻十分堅定：「我希望你保守祕密，不要提起我，但我無權命令你。你可以自己選擇要怎麼做，如果你一定要說出去，我也無力去阻止。」

艾絲緹看向伯里斯，伯里斯偷偷撇了撇嘴。他們師生間有個笑話：神殿騎士有三大優點——聽捧不聽勸，吃軟不吃硬，怕母不怕父。

麗莎這輩子受過不少苦，而且還是吟遊詩人出身，她肯定對神殿騎士的性格瞭解得淋漓盡致。

果然，奈勒經過艱難的心理掙扎後，對麗莎輕輕鞠了一躬：「我明白了。我會尊重您的意願，在您同意之前，我不會把您的行蹤告訴任何人。現在我必須回去了，我離開太久，應該回神殿報到了。希望您能信任我，回神殿後，我什麼都不會說的。」

麗莎點頭微笑，卻一言不發。奈勒傻傻地等了一會兒，最終低頭走出房間。

聽到騎士「匡匡匡」下樓梯的聲音後，伯里斯和艾絲緹都鬆了一口氣。

麗莎點了點伯里斯手裡的地圖：「好，我們繼續說吧。」

「好。」伯里斯嘴上答應著，思緒卻不禁飄遠。他幾乎有點同情奈勒了，麗莎根本不怎麼在乎這個「久別重逢的兒子」，她對他禮貌而冷淡，就像他只是陌生人一樣。

女牧師繼續他們之前的話題，在地圖上指出了一條路。

從北方霜原到寶石森林，再到俄爾德和今日的薩戈北境，翻過落月山脈，進入西荒平原，再從山脈南側重回薩戈，走入大陸中部平原，一路向東，再重新北歸，從珊德尼亞出港航海，在多個海島停留，回到陸地，來到今日研修院所在的五塔半島。

一部分人遠渡重洋，尋找新的棲身之所，另一部分人折回中原，在東南部的幾個地區繼續流浪。

據說，這就是黑湖守衛的牧師們曾經走過的路。

麗莎自己當然沒有走這麼遠。每個黑湖牧師都會記得先人走過的路，然後用一生來繼續他們的旅程。因為曾被驅逐和否認，他們活得艱苦而隱匿，但他們一直沒有消失，更沒有停下腳步。

為了尋找與黑湖守衛有關的聖物，為了尋找古時候留下的神殿，他們可以走遍天涯海角。

麗莎是他們中最幸運的一員。她接受先人遺贈，獲得聖物古書，還帶著書找到了黑湖守衛的神殿。

她畢生的願望就是讀完這本書，聆聽逝去之神的遺言，盡覽遺落於世俗之外的祕密，通曉無人歌頌的傳奇。

據說這本書銷聲匿跡了很多年，麗莎的祖輩因為機緣巧合，在與海島精靈的交易中得到了它。他們一直將它祕密藏在身邊，傳給後代或學生。

聽到這些，伯里斯暗暗感嘆：莫維亞不但沒有把芬尼的研究繼續下去，甚至還賣掉了一部分芬尼的收藏品，估計他只留下了與跟控制魚人有關的東西，最多再留一些導師的著作和筆記，凡是他看不懂的、不理解的、看起來比較值錢的物品，應該都已經被賣到海淵之塔外了。

芬尼奈特這個人也太慘了，被學院驅逐，被學生辜負。如果他生在當代該有多好，現在異界學和毒物學已經完全合法，他的人生肯定不會這麼淒涼。

不過，這也側面證明了一件事情：那本古書上面沒有魔法陷阱，否則莫維亞根本沒辦法活到現在。

致施法者伯里斯閣下及家屬

伯里斯問：「女士，妳的祖先也讀過這本書嗎？」

「他們沒有堅持下來。」麗莎嘆氣。

「什麼是『沒有堅持』？」

麗莎說：「來，我慢慢解釋給你們聽吧。我已經年老，身體又十分衰弱，也許我很快就要離開人世，在這之前，我願意把這些事說給想聽的人。」

隱匿的牧師們認為，《子夜編年史》是黑湖守衛親手撰寫，它的起筆與成書都在位面割離之前；而《白銀頌歌集》則由神使、牧師、信徒等繼續書寫，是從位面割離後才開始下筆。

書裡的「字」並不是文字，而是一種古老的神術符文。這種符文含有巨大的訊息量，可以將語言、文字、感官和記憶進行壓縮。一個字元就是一段傳奇，一個段落就能呈現某個人完整的一生，一張羊皮紙就可以寫盡某個國家的興衰。

書只有半拟厚，其中容納的東西卻足以填滿一整座圖書館。

閱讀它是一件相當艱難的事，能破譯符文的人才能讀懂，能讀懂的人也不一定能堅持讀完。

書還有一個特點，它分成兩半，一側是《編年史》，一側是《頌歌集》，中間隔著一塊薄薄的祕銀。

閱讀前半的神跡部分時，你只能按順序由前往後看，不能往回翻。就像人生只能向前不能回溯一樣。如果往回翻了，你的頭腦和記憶有可能會受損，具體受損程度則因人而異。

書的後半部分則比較寬鬆，你可以反覆地閱讀，這部分是牧師與神使寫的，沒有那麼強大的秩序力量。

在讀前半部分時，麗莎曾經數次往回翻閱。她知道這樣會一步步摧毀自己的神志，但她還是忍不住重讀某些不能理解的部分。

這些還不是閱讀者要付出的最大代價。更嚴苛的是，一旦開始閱讀此書，直到徹底讀完之前，你都不可以再開口說話，也不可以透過文字或手勢提及關於書的一切。

一旦破戒，你腦中已經讀到的內容就會消失，嚴重一點的還會把書的存在也徹底遺忘。如果你在忘記後選擇重新閱讀，然後又一次不慎破戒，這麼反覆幾次之後，你的靈魂就會受損，輕則頭腦混亂，記憶破碎，重則徹底崩潰，變成神志不清的白痴。

麗莎說：「我的祖輩，我的師長，他們都沒有堅持下來。大家都知道這很艱難，所以誰也不會苛責失敗者。還好我做到了，這是我畢生的心願，現在我很滿足。」

伯里斯想了想，問：「女士，這些閱讀規則是針對所有試圖讀書的生靈，還是只針對凡人？」

麗莎稍愣了一下：「你竟然會問我這個……」

「這個問題很奇怪嗎？」

「有點……」麗莎虛弱地笑了笑，「我的師長失敗時，她的妹妹說：天哪，怎麼會有人願意為讀一本書付出這麼多？再有意義的書也不值得妳付出人生……」

伯里斯說：「這不難理解。不瞞妳說，很多人也不明白法師們怎麼會願意在枯燥的研究中度過一生。在我看來，女士，妳沒有『付出』人生，這本來就是妳的人生。」

麗莎眼中閃過一絲光彩，又略帶羞澀地低下了頭：「真是難以置信，你年紀輕輕就能這麼想。謝謝你。」

也謝謝妳，因為我不年輕。伯里斯敷衍地點點頭，心裡還惦記著剛才的問題：「關於書的閱讀規則，這些條例只針對凡人嗎？按理來說，真神是凌駕於聖物之上，祂們不會被聖物的效果影響。至於神使或有神術的牧師，他們可能會受到一些限制，但聖物應該不會傷害他們……」

麗莎輕咳了幾聲。她今天說的話太多，好像有些累了：「我並不清楚。其實所謂的『規則』並不存在於書中，書裡沒有寫這些。這是我們黑湖牧師透過一次次犧牲和教訓，才慢慢總結出了凡人的閱讀規則。」

伯里斯摸著下巴點點頭：「如果書內沒有提起禁忌，那就說明真神或神使可以隨意使用它。他們不會有意識混亂的危險，所以不需要警示……」

那麼，如果是半神呢？這個疑惑盤旋在伯里斯心裡，但他最後沒有問出口，反正麗莎多半也回答不出來。

艾絲緹幫麗莎整理了靠墊，讓她平躺回床上。這一下午的交談讓麗莎很愉快，但也讓她更加虛弱了。

兩個法師問候了麗莎幾句，準備到隔壁房間繼續交流書的問題。這時，走廊最中間的房間內傳來一聲巨響。

伯里斯把旅店整層包了下來，這裡沒有別的客人。發出聲音的，正是伯里斯的房間。

「是大君！」伯里斯眉頭一抽，「他想偷偷摸摸去看那本書！」

艾絲緹問：「您怎麼知道是他想看書？」

「我的房門和窗戶都有防禦法術，只有他能在不觸發法術的情況下走進去。正因為如此，我又在屋裡設置了一些與魔法無關的小機關。他肯定是踩中機關了。」

致施法者
To Burris the Spellcaster and His Family Dependent
伯里斯閣下及家屬

Chapter 06

致施法者伯里斯閣下及家屬

洛特被逮了個正著。他被地板上懸著的絲線絆住了腳，用力掙扎時撞倒了旁邊的五斗櫃。伯里斯推門進來時，他正一手扶起櫥櫃，一手伸向桌上的布袋。

為了保全骸骨大君的顏面，伯里斯特意沒讓艾絲緹跟來。看到洛特這樣子之後，伯里斯忍不住捫心自問：他真的會害怕丟人嗎？

可能他根本不在乎顏面，他都把自己搞成這個樣子了。洛特的左臉特別白，眉毛特別細，眼睛像被打了一樣發藍，臉蛋上還有一坨噁心的粉紅色。

我要窒息了。伯里斯一手按住心口，虛弱地後退了幾步。

看到伯里斯，洛特趕緊擺好五斗櫃，笑嘻嘻地解釋：「是這樣的，我不是出去逛了一整天嗎？回來的路上有個女人向我推銷香粉什麼的，我想了一想，麗莎和艾絲緹搞不好能用得上，我就聽她多推薦了幾種……」

地上有個玫紅色的大紙袋，看得出來，他肯定把人家推薦的都買了。伯里斯瞥了紙袋一眼：「既然您帶著給她們的禮物，為什麼您不先去麗莎的房間？您來我的房間幹什麼？」

洛特答非所問：「我也知道，街邊小攤販的東西比公主日常用的差得遠了，這些只是一點心意，主要是為了祝福一下她們。我買的不多，每樣東西都只買了一點，比我之前買的東西都便宜……」

「您買貴一點的也沒關係。」伯里斯說，「所以，您到底為什麼要來我的房間？」

洛特一時語塞，但仍維持著輕鬆愉快的表情。他拿起玫紅紙袋，拿出一個小玻璃瓶遞給伯里斯：「呃……因為……這個給你。這是一種灑在頭髮上的粉末，能讓頭髮更加蓬鬆。現在你有頭髮了，你應該好好對待它，好好享受它……」

伯里斯一手扶額，乾脆有話直說：「大人，您現在不能看那本書。」

洛特仍然舉著玻璃瓶：「我並沒有要看它，我只是來……」

伯里斯說：「我知道您有多期盼那本書。我既不是要阻礙您，也不是要批判您這種渴望。問題是，那本書上有一些未知的危險效果，可能會對閱讀者造成不良的影響，在我們沒有做好萬全準備之前，最好誰都不要貿然翻閱它。大人，我很認真，請您不要再和我嬉皮笑臉了。」

說完，他掏出一張濕紙巾，示意洛特擦掉半邊臉上的妝容。洛特撇撇嘴，終於放下了玻璃瓶和玫紅紙袋，接過伯里斯的濕紙巾。

「好吧，其實那個粉末並不是給你的。」他邊擦臉邊說，「我確實是想來看那本書。」

伯里斯嘆氣：「現在還不行。我們要確認它不會傷害到您。」

「它不會傷害到我的。」洛特嘟囔著，「我也不知道為什麼，反正我能感覺到，它不會傷害我。」

伯里斯說：「凡事多加小心，不會有壞處。」

「不然這樣吧。」洛特提議，「你用法術把它拿出來，我們誰都不碰它，我就看一眼……」

「大人，您暫時看不到它了。它根本不在那個布包裡。」

「不在了？那它在哪？」

伯里斯說：「我已經用物品轉移法術把它送到塔內的隔離室。書上有殘留的神術力量，我不想帶著它招搖過市。」

看來短期內是看不到那本書了，洛特只好面對現實。他笑嘻嘻地湊過來，作勢要擁抱法師：「好，好，我明白啦。我知道你是擔心我……」

伯里斯向後退了一步：「大人，您這兩天的狀態很讓人擔憂。」

洛特手臂僵在半空：「什麼？」

伯里斯說：「您很不對勁，想必您自己比我更清楚這一點。提起那本書時，您的眼神簡直就像是沙漠居民看到深不見底的湖水一般，您渴望接近它、擁有它，但同時又有些畏懼它。」

洛特並不否認這一點：「你應該能理解我。你們法師面對未知的知識時，不也是這個樣子嗎？」

「我能理解。」伯里斯說，「但是，空有好奇心的法師是成不了大器的。人應該有自制的能力，在欲望和忍耐之間取得平衡，規避那些會顛覆人生的風險。」

伯里斯的語氣太嚴肅了，洛特有點不好意思再繼續開玩笑。他認真地看著法師說：「嗯，你的擔憂有道理，回塔裡之後我們一起慢慢研究它，在沒有絕對安全的把握之前，我不會去讀的。」

「那就好。」伯里斯放鬆了一點，不自覺地露出微笑。

在洛特的視角裡，此時小法師微低著頭，若有所思地望著地面，眼睛裡有一點疲憊，又有一點欣慰之色。這副模樣，倒是有點像六十幾年前。

那時伯里斯是真正的二十歲，眼神沒現在這麼滄桑，笑容也不會顯得過於慈祥。其實他的笑容不算特別甜，比清泉甘美一些，但比不上蜜糖濃香，就是這種恰到好處的笑容，讓人怎麼看都不會膩。

書讓洛特牽腸掛肚了很久，小法師也讓他心心念念了幾十年，因為法師擔心他，所以他才暫時不能窺視書中的祕密，這麼一想，看書好像也不是什麼特別急迫的事情了。

洛特走上前，繼續剛才他沒完成的動作——將伯里斯一把抱進懷裡。

「您怎麼了？」法師不安地掙扎了一下。

「沒事。」洛特長舒一口氣，「人生沒有十全十美，願望也不能一瞬間全部實現，那我一個一個實現總可以吧？」

伯里斯窩在他懷裡心想：很好，大君的狀態正在恢復正常，他開始進行跳躍式對

致施法者伯里斯閣下及家屬

話了，這才是他日常習性的一部分。

如果這是在外面，比如和學生一起旅行時，或者在蘇希島上，或者在教院內，伯里斯會對突如其來的親密舉動比較排斥，洛特靠過來的時候，伯里斯總是手足無措。但他不願推開洛特，因為這麼做會顯得很局促，於是他就尋找各種藉口，爭取冷靜合理地分開。

可是現在不太一樣，被洛特一把抱住的時候，伯里斯沒有感到慌張，反而還更加心平氣和。

就像是聽到了無聲的承諾，讓他的心不用一直懸著。

這是為什麼？是不是因為……我習慣了？伯里斯暗自思索，卻始終不得正解。

他不知道的是，此時洛特也懷著類似的心思。只要輕輕擁抱著小法師，他就能將種種疑慮與欲求暫時推遠。

沒過多久，伯里斯終於感覺到不自在了：「呃，大人，我要出去一趟……」

「去哪？」洛特改為攬著他的肩膀，一副「你去哪裡我肯定也要跟去」的架勢。

「回神殿遺跡一趟。」伯里斯說，「那裡還留著一大群活屍。它們清醒著，卻沒有自主意識，不生不死地堆在那裡。這樣不太好，我要把它們『送回去』。」

有了上次的經驗，這次他們花在路上的時間少了很多。回到地下神殿時，太陽還沒落下。

身為死靈學研究者，伯里斯對活屍並不陌生。但看著這些「復活」的牧師時，他仍然心生敬畏。

起初他以為書上殘餘的力量能復活附近所有的屍體，現在看來並非如此。只有黑湖牧師能被書喚起，普通墳塋中的死者根本無動於衷。

書沒有主動召喚誰，牧師們也沒有提前布下計策，事情是自然而然發生的。沒有任何人籌劃屍體的復活，一切都是書籍逸散出的力量所造成的意外。

那些人生前一直膜拜著逝去之神，追尋著聖物，傳唱著故事，也許是某種力量將他們與書本聯繫在了一起。

這是奧術研究尚未涉足的力量。

很多人都覺得操縱奧術的法師最為可怕，而元素與神術的力量是自然無害的。實際上恰恰相反，越是無人干涉的力量就越是危險。

正因如此，伯里斯才不願意讓洛特輕易地接觸那本書。直覺告訴他，一旦骸骨大君接觸到書籍，很有可能會產生他預料不到的後果。

他沒有證據，一切都只是直覺。年輕的法師喜歡理智和邏輯，而年紀稍大的法師都很願意相信直覺。

伯里斯走進主神殿，洛特留在石門外等著他。如果洛特也走進去，屍體們會向後退得太遠，影響伯里斯的施法效果。

石門內響起了念誦咒語的聲音。洛特把門推開一道小縫，偷偷望了進去。

他總覺得伯里斯施法時的聲音和平時不一樣。平時伯里斯的聲調溫和又不失堅定，在施法念咒時，他的聲音反而變得飄忽柔軟。

法師慢聲細語著，每個音節都像黑夜一樣綿軟安靜，潤物無聲。

它引導非生非死之人重回深淵，如冰冷的海潮淹沒它們，熄滅它們身上虛假的生命之火。

當所有屍體都不再動彈時，洛特突然回憶起了昨天午睡時的夢。

他面前是破碎的戰旗，腳下是累累亡骸。目光所及之處，活物難尋，盡是死亡。

那些人是怎麼死的？戰場上誰勝誰負？他們是在斬殺仇寇，還是在驅逐魔鬼？來自煉獄的軍隊都去了哪裡？為什麼戰死的年輕士兵會與陳年枯骨倒在一起？

包圍住我的風暴是什麼？走向我的人又是誰？我該如何抵達黑湖？如何取得逝去之神的力量？我為何會渴求尋找黑湖？得到力量之後，我又期盼得到什麼？

《編年史》與《頌歌集》會為他獻上答案。

洛特閉上眼睛，腦海中全是那本書的形象。黑鐵色的封面就像毫無波瀾的黑湖，另一側的圓鏡上映著他自己的臉。

他越來越能體會到伯里斯的擔心了，現在他自己也非常憂慮。他竟然對那本書如此渴望，這根本不正常。更不正常的是，即使意識到了異常，他也無法抵抗這種渴望。

「大人？」伯里斯已經出來了。他站在洛特身邊，滿臉的小心翼翼。

洛特回過神來：「嗯？你施法結束啦？它們都死完了嗎？」

伯里斯驚訝地打量他：「您……您怎麼了？」

「我沒事啊，怎麼了？」

回答完之後，洛特才突然意識到自己身上的異常。

與法師四目相對，對方灰綠色的眼睛裡映出了他此時的模樣。布滿黑色鱗片的骷髏頭顱，頭上長著彎曲的長角，暗紅色的火苗在眼眶中不停閃爍。他變回了非人形的狀態，自己卻渾然不覺。

怪不得他隱隱覺得伯里斯忽然特別嬌小，原來是他自己變高變壯了。

我要表現得像平常一樣，不能嚇到伯里斯——洛特滿腦子都是這個念頭。他腦子轉得飛快，馬上就想到了應對方法。

他沒有立刻變回人形，而是稍稍壓低身體，一手摟住了法師的肩膀。

他說：「看著你施法，又看到這麼多屍體，讓我回想起了亡者之沼，心情突然變得十分沉重。伯里斯，我想親你一下。」

「說得像您沒親過似的……」伯里斯嘟囔著。

大君眼中的火苗橫向抖動著，看起來十分愉快：「你看我現在的樣子——我曾經用這張面孔親吻借用別人屍體的你，卻沒有親過你本人。現在四下無人，氣氛正好，我想試一試。」

說完，他躬著背，一手輕輕托著伯里斯的下巴，用裸露在外的黑色牙齒碰了碰法師的嘴。

現在的他沒有嘴唇，只能用牙齒或下顎骨觸碰伯里斯。

接吻並不是他的主要目的，所以他只是淺嘗輒止。吻完之後，他馬上變回人類外表，並及時在臉上堆滿笑意。

他一手摟著伯里斯，努力讓自己不要去想那本書，把所有思緒都集中在法師身上。

兩人並肩離去。他們身後，沉重的石門再次完全封閉。

神殿又變回了墳墓，跨越時空相聚的牧師們永遠安眠於此。

回到城裡時，天已經黑了，伯里斯從旅店後門走進去，發現奈勒爵士的馬拴在這裡，旁邊還停了兩輛馬車。伯里斯心裡嘀咕：不知道這個騎士帶了什麼人來，難道他還是把麗莎的行蹤告訴了神殿？

兩人上樓時，一道影子從轉角冒了出來，差點撞進走在前面的洛特懷中。那是個腳步極快的瘦小老太太，身穿改良過的修士服，披著亞麻頭巾，腰間掛著一排小布包，這是女醫師們常見的打扮。

「你們讓開點，我要下樓拿東西……」老太太不耐煩地繞過洛特，急急忙忙跑了下去。

走廊裡，奈勒匡啷匡啷地來回踱步，對伯里斯和洛特視而不見。艾絲緹從麗莎的房間走了出來，她開門的時候，伯里斯看到房間裡還有兩名女醫師。

艾絲緹小聲對奈勒說了幾句話，奈勒點點頭，盡可能安靜地走進房間。伯里斯走向公主，低聲問：「怎麼了，麗莎出了什麼狀況？」

「是的，宿疾發作。」艾絲緹說，「我檢查過了，無關魔法，是她自己的宿疾造成的。這方面我也不瞭解，導師，我總覺得……她可能撐不過今晚了。雖然我們不會治病，但我們很熟悉死亡，能看出誰距離死亡比較近。」

伯里斯輕輕嘆息：「也不奇怪。她的身體狀況真的很糟糕，才五六十歲就蒼老衰弱成那樣。在神殿裡，她可能還緊抓著最後一口氣，現在她完成了畢生的心願，變得無牽無掛，就像傳說中身負重傷的斥候一樣，帶回情報之後，才會安心地屈服於死亡。」

艾絲緹低頭想了想，突然望向洛特：「大君，您還能再救她一次嗎？」

洛特搖搖頭：「小公主，神術與奧術都不能起死回生。我們只能治療活人，或製造不死生物，只有真神才能逆轉死亡。我可不是真神啊。」

艾絲緹感嘆：「也對，如果您是真神該有多好。」

「我也希望……」說完之後，洛特一陣心虛。他偷偷注意伯里斯，伯里斯正繼續

致施法者伯里斯閣下及家屬

和艾絲緹討論著生老病死的話題，大概不怎麼在意那句話。

午夜一過，外面的風越來越大，吹得院子裡的黃荊叢沙沙作響。

三名女醫師輕輕哼唱著奧塔羅特的祈禱歌謠，把白色棉布蓋過病人的頭頂。

麗莎永遠地閉上了眼睛。她帶著耗盡一生閱讀到的傳奇，沉入了漆黑的永眠之中。

說真的，伯里斯並不怎麼難過。畢竟他剛認識麗莎，她對他來說和陌生人沒什麼區別。他只是有點惋惜，本來他還想多和麗莎聊聊。要知道，麗莎讀到的東西可是旁人難以窺視的珍寶。

讀那本書很難，和麗莎聊天卻很容易。伯里斯曾經想過，想借助麗莎之口來間接獲取書中的內容，這麼做會耗費很多時間，但肯定值得。可惜現在看來是沒機會了。

醫師們離開了，麗莎的遺體暫時被留在房間裡。根據奧塔羅特信徒的習慣，不論死者在何時離世，他們都需要在床鋪上再「睡」一個夜晚，等到清晨時分，死者家屬才能繼續處理相關事宜。

這種「睡眠」象徵著死者最後的平靜，在人生的最後一個夢中，他們的靈魂會慢慢離開塵世，跟著寂靜之神走向亡靈殿堂。

麗莎是黑湖守衛的牧師，也許她根本不需要「最後一個夢」。但奈勒堅持這樣安排，其他人也就懶得多說了。

奈勒沒哭，只是臉色十分陰沉。他既不敢對母親的遺體抱怨，也不願在醫師們面前失態，更不想對艾絲緹大聲說話，於是他就十分自然地把伯里斯和洛特當成了暫時的傾訴對象。

年輕的騎士暫時拋下了自律，去樓下櫃檯要了一瓶杜松子酒，還拿了一本空白帳簿。他把「逸聞學者洛特」叫到安靜的酒館大廳裡，把帳簿往他面前一放，還遞給他一把木勺。

洛特接過帳簿和木勺，迷茫地望向身邊的伯里斯。伯里斯默默拿出一枝細炭筆，換下了那把木勺。

奈勒已經喝下了一大杯酒，眼神有點飄忽。他搖搖晃晃地幫洛特與伯里斯各倒了一杯，然後把自己的杯子也續滿。

「你們幫我一個忙，」奈勒指了指空白帳簿，「我說，你寫。我的字不好看，我是她的兒子，我要寫悼亡詩給她……」

由直系親屬為逝者寫悼亡詩，是薩戈人祖輩的習慣。詩文不需要多麼優美，重要的是這份心意。奈勒也算是貴族出身，上過寫作課，但他此時喝得暈暈乎乎，說出口的基本都是胡言亂語。

洛特倒是盡職盡責。他根本沒聽奈勒在說什麼，自己憑空捏造了一首嶄新的悼亡詩。伯里斯大致讀了一下，文筆竟然還可以。

致施法者伯里斯閣下及家屬

奈勒說著說著有點失態，吟詩漸漸變成了抱怨：「書比我重要，書比我和我哥哥和父親加起來都重要。」他又倒了一杯酒，「就算見到我，她也不在乎……她對你們這些法師比較感興趣，好像你們才是主角，我只是個無關緊要的人……為什麼……要離開我們……」

伯里斯看不慣年輕人這麼頹喪，他偷偷把奈勒的酒拿開，換成了一杯清水，而奈勒竟然沒有察覺。伯里斯坐到騎士身邊，拍了拍他的肩：「你有沒有想過，她離開你們，正是為了你們好？」

「這怎麼說？」騎士的眼睛紅紅的。

伯里斯說：「你父親是默禱者，你是神殿騎士，你們能接受她是偽神牧師嗎？」

「……不能。」

「我猜也不能。你們不會為她而改變，而她也不會對你們妥協，這麼一想，還滿公平的，你覺得呢？」

奈勒用不太靈活的腦子想了想，含糊不清地「嗯」了一聲。

伯里斯繼續說：「所以她才要逃離，要離開你們的人生。她走得越早，你們雙方就越不會互相傷害。她有她的追求和立場，而且不會因為愛情和子女而改變，你能理解這一點嗎？你會因為愛情和子女而改變信仰嗎？你也不會的，對吧？如果你不能理解麗莎，那你真的能理解艾絲特琳公主嗎？你能理解她對奧術的追求嗎？」

洛特在旁邊越聽越不對勁，他伸手扯了扯伯里斯的袖子：「你在幹什麼？借機勸人家分手嗎？」

伯里斯沒有回答，但洛特總覺得此時他的笑容有些邪惡。

法師像安慰小朋友一樣，一邊有節奏地輕輕拍著奈勒的肩，一邊慢聲細語：「不管是對母親還是公主，你是真的願意接受嗎？還是僅僅只是容忍？你是不是偷偷地想著，只要你付出努力，總有一天她會改變，她一定會變得與你毫無分歧？你錯了，不是這樣的。別再彼此牽制折磨，別再互相浪費時間，如果你們之間有無法妥協的矛盾，那最好盡快分開。早點逃離彼此，兩個人都能少受很多苦。你母親明白這一點，所以她才會選擇離開，你現在不懂也沒關係，你可以慢慢明白……」

現在奈勒只會點頭，無論伯里斯說什麼，他都回答「對對對對」。他不僅滿臉通紅，眼睛也越來越紅，眼看眼淚彷彿就要落了下來。

看著這感人的一幕，洛特忍不住說：「伯里斯，是不是因為你這輩子都貫徹著『一有矛盾轉身就走』的原則，所以你才沒談過戀愛？」

伯里斯沉住氣說：「這是很正常的舉動。人的一生不長，精力也十分有限，生活總要有所取捨，哪有可能什麼甜頭都占到。」

洛特問：「如果我們之間有矛盾了，你也會盡早和我分開嗎？」

伯里斯說：「這不一樣，我說的是奈勒和艾絲緹的關係……」

「我們難道不是這種關係？」洛特問道。

伯里斯瞬間失聲，不知道該如何回答。很好，骸骨大君的狀態又恢復了一點，他不是特別要臉的一面漸漸恢復了。

奈勒滿臉迷茫，還沉浸在一波又一波的悲痛裡，並沒有察覺到身邊氣氛的變化。

洛特唯恐天下不亂，伸手勾住騎士的脖子問：「說真的，你願意離開公主嗎？」

「不願意。」騎士堅定地回答。

「你們都是那種關係了，想離開也不行了吧？」

奈勒的臉紅得更厲害：「也不是……那種……也沒有……很那種……」

伯里斯拍案而起：「大人，您這是在做什麼？」

洛特沒理他，而是繼續在奈勒耳邊問：「你們不可能分手了，對嗎？為什麼呢？你們的關係發展到了什麼地步，所以才會沒有分手的可能？」

奈勒嘰嘰咕咕地說了一句，但說得太模糊，伯里斯並沒有聽清楚。當然，他也不想聽清楚。在洛特繼續荼毒年輕人之前，伯里斯拿出一支聞香瓶，眼疾手快地放到奈勒的鼻子下，並念出短短的咒語。只見奈勒搖晃兩下，迅速軟倒趴在桌上。

洛特放開熟睡的騎士，竊笑著望向伯里斯。伯里斯沒喝酒，臉上卻泛起了微醺般的紅暈。

「你可以和他聊天，我就不可以嗎？」洛特故作無辜地聳聳肩。

伯里斯欲言又止，乾脆轉身走向樓梯。洛特輕笑著緊跟在後面。

直到走回房間門口，伯里斯才小聲說：「艾絲緹是我的學生，您向騎士打聽那些……這太失禮了！」

法師羞憤的樣子十分有趣，讓洛特欲罷不能。他撐著門框，不讓伯里斯關門：「我不像你。你總是想拆散年輕人，但我覺得他們挺好的。他們之間有那麼多意見和信仰上的分歧，卻還是默契又甜蜜，這多讓人羨慕啊。我只是想向奈勒借鑑一點經驗，看看怎麼樣才能讓你不會產生分手的想法。」

伯里斯低下頭捏著眉心，掩飾臉上不知所措的表情。洛特向前逼近一步，還反手關上了門。走廊裡有壁燈，屋裡卻漆黑一片，伯里斯剛想後退，洛特卻一手攬住他的腰，把他固定在自己身邊。

「您……又要小黑屋談心了嗎？」伯里斯背上泛起一層雞皮疙瘩。

「不是。」洛特用另一隻手輕輕拂過法師的頭髮，「想知道你的學生和小騎士發展到什麼地步了嗎？」

不，我不想知道！伯里斯眉毛一抽，雙眼在黑暗中驚恐地睜大。

一個吻落在他的臉頰，讓他下意識渾身緊繃。接著，洛特低沉的聲音在他耳邊輕輕說：「要不然，我讓你親自體驗一下？」

致施法者
To Burris the Spellcaster and His Family Dependent
伯里斯閣下及家屬

Chapter 07

「什麼？」伯里斯還沒反應過來，洛特便轉了個身，把他壓在門板上。

這個姿勢多半是要接吻，反正他們又不是沒親吻過，伯里斯早就自暴自棄了。但是，今天好像不太一樣。

今天洛特把他摟得很緊，另一隻手還輕輕放在他的下巴和脖子上。這姿勢猶如野獸捕獲獵物，讓伯里斯渾身不自在，在他還沒來得及提出異議前，洛特如往常一樣低頭吻住了他。

被吻住的時候，伯里斯閉緊眼睛，拚命對自己說：這不丟人，這很正常。我都說過了，我能接受骸骨大君，也就是洛特巴爾德，也就是眼前的這個人……不，這個半神。他問我是否瞭解他的心意，我說瞭解，話都說出去了，我怎麼能出爾反爾。年輕人不是都會接吻嗎？對，這種事人人都會做，沒什麼好驚訝的。沒有人規定施法者不能接吻，也沒人規定老頭子不能……

突然，他連綿不絕的散亂思緒被打斷了。洛特咬了一下他的嘴唇，在他因為疼痛而下意識張開嘴時，一個柔軟濕潤的東西碰到了他的牙床。

法師的身體瞬間僵硬。洛特的舌頭舔過他的貝齒，與他的舌頭交纏在一起，而他卻只是傻傻地繼續閉著眼睛。

這次不是為了思考，而是他根本不敢動彈。

說實在的，他活了這麼久，就算沒吃過三角豚肉，也見過三角豚跑，就算沒見過三角豚跑，也看過三角豚圖鑑。他當然明白舌吻是怎麼回事。

可是，這是他第一次與人如此親密，親密得幾乎超過了他過去可以接受的限度。他想把這種感覺歸結為「癢」或者「肉麻」，但好像又不只是那麼回事。

他的身體漸漸不再緊繃，甚至還有點酥軟得過分了。洛特一手摟著他的背，把他固定在自己和門板之間，如果不這樣，搞不好他會腳下一軟跌坐在地板上。

終於，洛特放開了他。伯里斯大口喘著氣，不敢抬頭，不知該如何適應此時微妙的氣氛，而洛特竟然大喊了起來，聲音聽起來非常愉悅：「諸神在上啊，真的這麼成功嗎？」

「什麼？」這是伯里斯今天第二次不知所措。

「你是不是有點失神？有沒有腳軟？會不會有點頭暈？有沒有像喝醉了的感覺？是不是很刺激？」

伯里斯呆滯了好一會兒，「啪唧」打了個響指，在半空中點亮了一枚小光球。

洛特俯視著他，眼中跳躍著激動的光芒，甚至還興奮地舔了一下嘴唇。

在洛特期待的目光中，法師憋了半天才慢慢說：「我……不明白您到底想問什麼……」

洛特用兩手環抱著他，笑嘻嘻地說：「這是給深愛之人的吻，不是施法的吻，也不是祝福的吻。按照書上說的，你應該會身體酥麻，氣息紊亂，眼神恍惚，喘息甜美，

致施法者伯里斯閣下及家屬

臉上浮現出微醺的紅暈……看來沒錯，是真的！多虧你點了光球，我看到了，你的臉真的非常紅！」

被這麼一說，伯里斯的臉更紅了：「請您不要用色情讀物上的用詞……」

洛特噗嗤笑出聲：「你也看那種書？」

「不，那種書毫無意義。」

「如果你沒看過，你怎麼知道這是色情讀物上的用詞，你怎麼不說是我憑空編的？」

看到伯里斯低頭不語，洛特知道這個話題該適可而止了。他的法師臉皮非常薄，這種性格的人不能調戲得太狠，他們滿心羞憤卻不會爆發，容易憋出毛病。

洛特對轉換話題根本毫無壓力。他一把將法師緊緊摟住，輕聲說：「伯里斯·格爾肖，你別想離開我。」

「我沒有想……」法師的聲音聽起來悶悶的。

「六十幾年前我說過，等我恢復自由後，我會是你永遠的盟友。我們還要在一起很久呢，萬一將來我們有矛盾了怎麼辦？萬一某天我們爭吵起來，談也談不攏，你該怎麼辦？你要轉身就走嗎？」

伯里斯一點也不擅長討論這種問題。他當然沒有這麼想，但畢竟是他自己的發言在先，現在又該怎麼對大君解釋？

「這不一樣……」他試著說，「那些話是針對奈勒和公主，又不是在說我們……」

洛特問：「在你心目中，我們和他們不一樣嗎？」

伯里斯沒聽懂這句話。沒等法師想清楚，洛特主動繼續說：「你覺得他們是一對，在他們身上能用『戀愛』、『分手』之類的詞，在我們身上就不能使用了？我們和他們有什麼區別？在浪漫小說中，公主配騎士是符合傳統的，法師配魔王也是符合傳統的。」

伯里斯很想插話說「後一種組合通常是作為邪惡人物出現」，但他沒說。他不忍心說，萬一洛特聽到這句話後又開始偏離話題該怎麼辦？他不希望大君轉移話題，他有點想聽大君說下去。

洛特接著說：「從我們重逢，到宮廷舞會，到驛站的小黑屋談話，再到教院、海島和精靈的院子，一直到現在，我早就把想法說得清清楚楚，你卻一直都是『我知道了但我什麼都不表示』的態度。伯里斯，剛才你問了奈勒一句話：『你是真的願意接受嗎？還是僅僅只是容忍？』，現在我也想問你，你是真的願意接受我嗎？還是僅僅只是在容忍我？」

伯里斯一愣，有點結巴地小聲說：「我……我沒有……」

洛特卻咄咄逼人：「沒有什麼？沒有接受我，還是沒有容忍我？」

「我沒有容忍您……」

致施法者伯里斯閣下及家屬

「那你……」

「大人，能不能別聊這個了？」伯里斯一直沒有抬起頭，「我不是在敷衍，也不是故意回避這些……很抱歉，大人，我真的很抱歉……」

伯里斯突然開始道歉，讓洛特嚇了一跳。他只是想趁機摟摟抱抱親親密密，順便尋求一些安全感，並是不想逼著法師承認什麼。

在他默默思索應對方式時，伯里斯繼續說道：「我知道您的意思，真的知道。但是我……天哪，我說不出口。活了這麼久，我一次都沒有聊過這些事情，我真的……怎麼都說不出口。真的，這不是騙您，我確實是……」

洛特依稀有些明白了。他輕撫摸著法師的背，決定換一種溝通方式：「伯里斯，你喜歡赫羅爾夫伯爵嗎？」

法師又被這突如其來的話題轉移搞得有點愣住了。他沉默了一會兒，老實地回答：「挺喜歡的。牠很懂事，也很可愛。」

「我送過你一個綠光龍息石別針，還買過一架銀色的懷豎琴，你喜歡它們嗎？」

伯里斯回答得十分誠實：「雖然它們沒什麼用，但是，其實我還挺喜歡的。」

洛特偷笑了笑：「我這樣亂花你的錢，你不生氣嗎？」

原來您有自知之明啊。伯里斯把臉藏在洛特懷中，也忍不住笑了起來：「不生氣。」

「這麼說，你願意讓我一直留在你的塔裡？」

「嗯，我很願意。」伯里斯主動接著說了下去，「就像六十幾年前說好的那樣……」

「不會反悔，不會一言不合就離開我？」

伯里斯回答得毫不猶豫，措辭卻有點狡猾：「不會的。不歸山脈是我的，塔也是我的，我永遠都會在那裡。只要您不離開，我就不會離開。」

洛特笑了笑，說：「其實剛才我在騙你，我什麼都沒聽清楚。」

「沒聽清楚什麼？」伯里斯有點恍惚，幾乎忘了進屋前他們到底在談些什麼。

「奈勒爵士喝多了，口齒不清，我隨便逗了他幾句，他根本沒有說出完整的話。我不是故意要打聽他們的隱私，只是想找個藉口調戲你。」

聽到如此坦誠的自白，伯里斯無言以對。

誠實地說，他仍然不太習慣這些甜膩親密的舉止。真奇怪，年輕時的自己甚至能靠在骸骨大君懷裡睡覺，為什麼現在卻總是難為情地抬不起頭？

他記得很清楚，六十幾年前的森林裡，他非常非常不願意離開骸骨大君的懷抱。那個懷抱能驅趕悲傷，安撫恐懼，讓他安心地睡著，溫暖得令人落淚。這是來自白塔的他從未體會過的感覺。

六十幾年前，骸骨大君帶著他連夜趕路，兩人來到了珊德尼亞王國附近的平原森林。伯里斯已經退燒了，但身體還是有點虛弱。

致施法者伯里斯閣下及家屬

「那是進出城門的官道嗎？」骸骨大君一手扶著他，另一手指著森林外面。現在正是月落之時，東方天空剛剛泛白，不遠處，平坦的石板大路上泛著一層黯淡的白光。

伯里斯點點頭：「應該是……」

「你能進入城市嗎？」

「珊德尼亞的邊境會接受北方難民，我可以偽裝成流浪者。」

珊德尼亞境內沒有靜寂之神的神殿，所以死靈法師在這裡不會輕易遭到追緝調查。伯里斯打算尋找一個叫「聖狄連」的城市，聽說那裡住著一群死靈學研究者。他不知道聖狄連怎麼走，也不認識當地的人，甚至不知道傳聞是否真實，但他也只能走一步看一步了。

骸骨大君輕輕捏了捏他的肩膀，慢慢向後退了一步。

「那好，」大君輕聲說，「今天是第七天，在太陽升起之前，我就要離開了。」

伯里斯呼吸一窒。如果不是手指受了傷，他十分渴望伸出雙手，抓住這個人漆黑的斗篷，再緊緊地擁抱他一次。

「快去吧，」大君催促道，「別在這裡看著我消失。」

小法師搖搖頭：「不，我想看著您離開。」

「為什麼？」

「我要看清楚，我必須記住您被拉回亡者之沼時的樣子。萬一解除詛咒的線索就藏在其中呢？現在的我還沒什麼本事，估計也看不出所以然，所以我要牢牢記住這個畫面，將來再好好思考。」

骸骨大君重新向他走近，摸了摸小法師柔軟的頭髮。就在他剛想再次擁抱法師時，灰色的煙霧從他身邊漸漸浮現，開始旋轉。

煙霧在片刻之間加速形成了風暴，將他與人類法師徹底分隔開來。他微笑著從煙霧縫隙中望出去，正好看進法師灰綠色的眼眸中。

小法師臉色蒼白，雙肩發抖，但他沒有大喊大叫，更沒有被嚇跑。

「伯里斯·格爾肖……」站在小型風暴的中心，骸骨大君輕聲品味著這個名字，「我的法師，你是我命中註定的人，我將在亡者之沼等待你，快點來見我吧。」

消失之前，他沒有得到回答，也不知道法師有沒有聽到。

晨光傾洩而下，旋風逐漸平息，煙霧完全消散。

伯里斯一個人在森林邊緣站了很久。

直到天光大亮，他才用手臂抹了抹眼睛，慢慢朝著大路走去。

不歸山脈四季如春，終年草木繁盛、百花盛開，山腰下的區域永遠舒適宜人，只有最高的幾座山峰會隨著季節發生變化。

天氣微微轉涼，山嶺半腰被秋意染成了金紅色，更高處則像是沾上了薄薄的霜糖。

致施法者伯里斯閣下及家屬

據說冬青村最適合遠眺美景，站在村裡地勢較高的位置，可以將「蜂蜜蛋糕山」的美景盡收眼底，如果你直接跑到山林裡或草甸上，反而很難欣賞到山脈的美麗。

「蜂蜜蛋糕山？」聽完酒館女侍的介紹，帶著帽兜的旅客笑得差點嗆到水。

女侍得意地挑挑眉：「我也知道這個名字很好笑，但我們祖先就是這麼叫的。以前的冬青村很貧窮，大家都傳說蜂蜜蛋糕山上有蜂蜜匯流成的小溪，森林裡有糖果和餅乾搭建成的屋子。但山林並不是每年都會變成蜂蜜色，有時候天氣太暖，山上全年都綠油油的，於是大家都說這是因為魔法，如果在山裡找不到糖果和蜂蜜，那就是被魔法藏起來了。」

旅客托腮感嘆：「冬青村以前很窮嗎？我看現在還可以啊……嗯，比我的老家繁華多了。」

女侍說：「我祖父那一輩的人年輕的時候，冬青村還很貧窮。後來這邊修了道路，建了工廠，還和法師合作了種植園……」

「法師？伯里斯．格爾肖？」

旅客邊問邊抬起頭，斗篷上的帽兜順勢滑了下來。

與他四目相接時，女侍不禁倒抽了一口冷氣——這位穿著樸素的旅客竟然是個精靈，而且，他也長得太好看了吧！

他有一頭淡金色的柔順長髮，猶如香檳流淌而成的瀑布，他的皮膚白裡透紅，堪比奶油細膩順滑，他深綠色的眼瞳深邃而神祕，一眼望去，恍若陷入了寂靜的古老森林。還有他的微笑，他的笑容溫和高貴，還帶著一絲疏遠的羞澀，如果只看這張臉，恐怕人人都會猜測他是哪個精靈國度的王子。

女侍愣了半天，連話都說不出口。她越是看著精靈，心臟就越是緊縮，於是她趕緊移開目光，改為盯著他那灰撲撲的斗篷。這名旅客長得好看，穿著卻十分寒酸。他的斗篷粗糙又暗淡，裡面的衣裝款式也樸素得像北方農民的服裝一樣，冬青村裡隨便一個果農都穿得比他好。

但是……但是他長得好看啊。那完美無缺的臉型，那白白尖尖的小耳朵，這麼美麗的生物，哪怕衣衫襤褸也一樣人見人愛。

旅客被盯得不自在，故意輕咳了幾聲。女侍紅著臉說：「噢，抱歉，你剛才說什麼？這裡的格爾肖大師？你看窗外，看到遠處那片山林了嗎？還有後面那一大片，那全都是他的土地。當然了，嚴格來說是他和薩戈皇室共有的……」

精靈點點頭，向女侍要了一杯蜂蜜水。很少有成年人會點這種東西，女侍試著推薦了淡果酒和醋栗茶，但精靈堅持只要蜂蜜水。

女侍端著托盤走遠，又忍不住回頭偷看這位漂亮的客人。

只見精靈若有所思地望著窗外，水盈盈的眼睛裡含著若有似無的哀愁。

致施法者伯里斯閣下及家屬

法師塔最高層的閣樓裡有一扇大門。

說是門，其實它和牆壁也沒什麼區別。它沒有把手，沒有縫隙，看起來就只是一面非常普通的牆壁。牆壁外側是高塔外的天空，普通人即使站在「門」前也找不到進去的方法。

這扇門通往一個隱蔽的空間。它由魔法構築而成，是伯里斯・格爾肖大師專屬的機密區域。

除了伯里斯和被他操控的魔像以外，至今還沒有任何人進去過。

這時，牆壁微微一抖，開始泛起漣漪，水波律動得最厲害的時候，一扇雙開金屬門從「水」底露了出來。伯里斯推門而出，又反手將門關上，牆壁上的水波立刻消失無蹤。

不久前，伯里斯啟動了這個機密空間，用來運行大型解析法陣。他要用它來觀測那本古書。操控解析法陣十分費神，伯里斯每天都要在裡面耗上一整天，出來的時候腳步總是輕飄飄的。

魔像威利斯先生在外面等著他，及時為他送上了熱茶和薄脆餅。變年輕之後，伯里斯愛上了咀嚼起來「喀嚓喀嚓」的食物，辛苦一整天後，這種又脆又甜的東西總是能治癒他的身心。

他在閣樓裡坐了一會兒，調整了一下心情，才命令威利斯先生打開門。

閣樓常年閉鎖，他進來後也會及時反鎖。門是金屬製成，門框整體也用金屬加固過，門鎖為四向插銷，鎖牢之後幾乎不可能撬開。這種門非常堅固，尤其是在防範骸骨大君時，這種門真的十分可靠。

防禦法術對大君無效，只有物理性的隔離手段才能徹底阻止他。如果他想撬鎖，甚至想暴力破開大門，那麼他肯定會發出巨大的聲響，而伯里斯肯定能及時發現。

其實伯里斯並沒有隱瞞古書的位置，他清晰明確地告訴洛特：書被收藏在隔離室了，請等我一段時間，我想再排除幾項有可能的風險。

洛特答應了，而且似乎真的暫時放下了對書的執念。他參加了幾次集市，買了一大堆審美堪憂的服裝，每天都要寫下長長的「想吃這個」清單交給廚房的魔像。

他還借了一些魔像和屍體，說要訓練赫羅爾夫伯爵尋物和撲咬。赫羅爾夫伯爵不愧是接受過半神力量的狗，牠比同齡犬類的身材大許多，幾乎強壯得有些不成比例。

而且牠十分聰明，通情達理的程度幾乎能趕上魔像動物。有一次，大君一邊摸著牠一邊說：「赫羅爾夫伯爵，你一定要牢牢記住，我是你的主人，伯里斯．格爾肖也是，你要像騎士對國王一樣保護他，像兒子對父親一樣尊敬他，你永遠不能傷害他，所有想傷害他的人都是你的死敵，記住了嗎？」

伯里斯在旁邊聽得有點想笑：「大人，犬類再有人性也聽不懂這麼長的句子。」

「我知道。」大君慢慢撫摸著狗頭，「雖然我說話了，但我不是依靠語言和牠溝通，我用的是意志和真心。」

「意志和真心？」

洛特說：「就像德魯伊一樣。德魯伊傳達出對森林的愛意，他身邊的動物就能感覺到。我對赫羅爾夫伯爵傳達出對你的愛，赫羅爾夫伯爵就會明白牠也應該愛你。」

伯里斯半天說不出話來。面對這種甜言蜜語，他總是反應遲鈍。

好在洛特很瞭解他，也很體諒他，以前洛特會拚命催促他回應，現在洛特只會微笑地看著他，懶洋洋地開始聊下一個話題，或走過來摸摸他的頭髮。

在這個瞬間，伯里斯會恍惚覺得自己真的只有二十歲——幼稚，沒見過世面，容易害羞，腦子不夠用，反應遲鈍，總是低頭沉思卻思索不出有用的東西。而骸骨大君是成熟沉穩的保護者，他值得信賴，行動力強，神祕卻不危險，他會一直留在自己身邊。

如今，八十幾歲的法師有了自己的塔，成功解除了半神的詛咒，而半神成為法師永遠的盟友，和法師幸福地生活在四季如春的地方。

伯里斯驚訝地發現，年輕時認為遙不可及的東西，現在竟然近在眼前；他在黑夜中暗暗許下的願望，現在都已一一實現。

人生就這麼自然而然地走到了現在，讓他一點真實感都沒有。

那麼接下來他們要面對什麼？顯而易見，是《編年史》與《頌歌集》。

法師的願望都實現了，但半神的夙願還沒有了結。

可是，伯里斯總有點排斥那本書。他心裡藏著一股恐懼，他覺得那本書一定會影響什麼，也許它會毀掉平靜的生活，也許它會改變大君對世事的看法，甚至，也許它會奪走此時自己擁有的一切。

但理智地想一想，書應該沒有這麼可怕。它又不是法術書籍，書裡只有歷史和故事，並沒有強大的力量或咒語。

其實大型解析法陣已經把書分析得差不多了，但伯里斯就是不願意輕易將它拿出來。他總是想能多拖一天是一天，能多檢查一分是一分。

反正洛特每天過得開開心心的，也不怎麼問起書，那伯里斯就更不用著急了。

現在的日子如此愜意，伯里斯想將它維持下去。

這天，洛特說赫羅爾夫伯爵已經到了該進行實戰訓練的階段，他要帶牠到山裡練習追蹤小動物。

伯里斯不去森林，也不去閣樓，今天他要去一趟冬青村。

昨夜，構裝體山雀送來了一封信給他，是施法材料商店的人寫的。信上說，村裡來了一個陌生精靈遊客，前幾天他一直在附近遊玩觀景，這兩天卻突發急病，在酒館客房一睡不起。

根據酒館女侍說，這個精靈在聊天中提起過伯里斯・格爾肖，大家猜測他也許是

致施法者伯里斯閣下及家屬

伯里斯的熟人，所以這件事必須及時讓法師知道。村民不會輕易進入山脈，所以伯里斯必須親自到冬青村瞭解情況。

接到信之後，伯里斯懷疑昏倒的精靈就是黑松。提到「精靈」和「昏倒」這兩個詞，他只能想起黑松。但好像又不太對，黑松去過冬青村，他的外表那麼顯眼，村民肯定對他過目不忘。

於是，格爾肖大師讓「學徒柯雷夫」代替自己，前往村裡探望身分不明的精靈。臨走前，他對內務魔像下達命令，讓它們提前做好幫洛特洗衣服以及洗狗的準備。洛特天一亮就走了，伯里斯則在正午之前乘馬車離開。

馬車消失在林間小路上之後，赫羅爾夫伯爵從塔後的森林裡竄了出來，洛特則信步跟在牠身後。

塔門上的防禦對洛特無效。他哼著歌推開門，叫魔像幫他喚來浮碟，一路上升到了塔的最高層。

閣樓房間的門太牢固了，四向插鎖的鎖真的非常麻煩。儘管如此，洛特仍有自信能把它打開，他見多識廣，在過去那麼多個七天之中，他又不是第一次撬鎖。

他帶了一只小工具箱，裡面放著一大堆千奇百怪的工具——伯里斯對他愛亂花錢已經習慣了，每次他買一堆東西回來，伯里斯幾乎不聞不問。

洛特深吸了一口氣。

閣樓裡的東西正在呼喚他。

它急於向他傾訴，向他表露，向他坦述所有祕密與悲喜。

致施法者
To Burris the Spellcaster and His Family Dependent
伯里斯閣下及家屬

Chapter 08

致施法者伯里斯閣下及家屬

「怎麼樣，認識他嗎？」酒館女侍站在客房門口。

「學徒柯雷夫」看著床上昏睡的金髮精靈，一時有些迷茫。他沒見過這個精靈，但精靈的長相確實有點眼熟。

酒館還有一堆事情要忙，女侍不能一直留在這裡，正好，伯里斯主動提議由自己留下來照顧精靈。

年輕姑娘臨走前情不自禁地看了精靈幾眼，滿臉寫著「我不能成為他醒來後看見的第一個人了」的遺憾。

伯里斯把這輩子熟識的精靈都回憶了一遍。

第一個是豐饒之神艾魯本的牧師，就是以前淨化了寶石森林的那位。那個精靈更瘦，臉色更蒼白，五官沒有床上這位完美，而且他現在應該躺在森林的老家裡，不可能有力氣跑到冬青村。

第二個是名叫「綠歌」的學生，她現在住在樹海邊境，經營著一家施法材料提純工坊，她是一名女學生，而床上的精靈顯然是位男性。

第三個是在五塔半島任教的葛林迪爾，他是半精靈，床上這位看起來應該是血統純正的森林精靈。

第四個就是黑松，第五個則是莫維亞，然後還有一堆念不出名字的海島精靈。

大概這個昏迷的精靈確實不在「熟人」之列？也許他只是聽說過伯里斯，或是兩人有短暫的一面之緣。伯里斯邊思索邊撫摸著精靈的額頭，施展了一個探測法術。

精靈身上殘留著微弱的死靈系波動。他的隨身物品中沒有任何魔法物品，這波動可能是因為他接觸過什麼東西，或是被死靈法師攻擊過。

然後，伯里斯掀開精靈的被子，抬起精靈的手——他的手修長又柔軟，是一雙適合學習施法的手。精靈的手指上有淡淡的傷痕，像是被某種藥劑灼燒過，現在剛剛痊癒。傷痕位於手背和手指外側，掌心卻乾乾淨淨。他的手腕和小臂上也有零星幾處類似的痕跡，但身上別的地方一點外傷都沒有。

伯里斯完成了初步的檢查，幫精靈重新繫好衣服。這時，精靈皺著眉哼了幾聲，突然睜開眼睛。

「別碰我！」精靈大叫一聲，抱著被子蜷縮起來。

伯里斯愣在原地，不知所措。兩人對視了一小會兒後，精靈眼中的恐懼褪去了一些，剛才他的反應似乎是下意識的，他根本沒看清眼前是什麼人。

精靈放下被子，小心翼翼地打量著伯里斯：「抱歉，我可能做惡夢了。是不是嚇到你了？」

伯里斯心裡升起一股怪異的感覺，這個精靈說話的口音和聲調，簡直就是……

精靈揉了揉凌亂的長髮：「我怎麼了？我喝醉了嗎？」

「……黑松？」伯里斯的聲音都發抖了。

致施法者伯里斯閣下及家屬

金髮碧眼的精靈眨著漂亮的眼睛，無辜地看著他。

「你、你是黑松嗎？」伯里斯問，「黑松．諾爾希萊，樹海的銀光將軍之子？」

精靈一臉迷惘：「你認識我？」

伯里斯微張著嘴，緩緩退了幾步，後腰撞到門邊的矮櫃，櫃子上的水杯差點翻倒。

黑松？這是黑松？這真的是黑松？怪不得他覺得這個精靈既陌生又眼熟。

他從來沒有見過黑松原本的模樣，從第一次見到黑松開始，他的臉上就一直畫著半死不活的拙劣妝容。

現在伯里斯明白那些傷痕是怎麼回事了。黑松的手指、手背和前臂上紋有紋身，看起來像某種邪惡符文，實際上它們就只是裝飾性的圖案，一點意義也沒有。現在紋身被用某種方式祛除了，而皮膚上的傷痕尚未痊癒。

黑松不僅被洗掉紋身，連頭髮也被染回了原本的顏色。不得不承認，現在的黑松看起來十分乖巧，單純善良的程度大概比塔琳娜還要高出十個艾絲緹。

仔細一想，以往黑松被嚇到時也會露出這副表情，只不過那時他臉上有人工黑眼圈，會把眼神襯托得比較鋒利。

黑松不僅改變了外表，精神狀態也有些不正常。他明明見過「學徒柯雷夫」，現在卻完全不認識眼前的人。

他不記得自己身上發生了什麼，不記得自己從哪裡來，來到這裡做什麼。

伯里斯意識到事有蹊蹺。他拉過椅子，坐在精靈面前，開始耐心地與其溝通。精靈很快就對這個態度柔和的年輕人放下了心防，開始盡量清楚地描述自己的遭遇。

黑松記得的最後一件事，是他一個人行走在濕漉漉的叢林裡。他滿腦子都是要回到南方，要找到伯里斯，但具體要去哪裡、要怎麼找，他卻一點頭緒都沒有。

他在不知不覺間來到了薩戈北部，好像是蘭托親王領屬地內的某個小鎮。他不記得自己是怎麼入境的，好多士兵盤問他，他回答了，但他想不起來自己回答了什麼。

後來他躺在一駕大型的篷車裡，車內坐著幾個農民和傭兵，還有一兩個流浪藝人。他覺得自己沒錢付車費，不知道該怎麼辦。後來再次恢復意識時，篷車裡已經沒有人了，只有他一個人坐在車夫的位子上。

他迷迷糊糊地一路輾轉，腦子裡只盤旋著一個念頭：伯里斯．格爾肖，我要找伯里斯．格爾肖。那人是個法師，好像和我很熟，我可能是他的學生，或者是他的朋友之類的吧。不對，不是朋友，應該是學生……不對，伯里斯．格爾肖是誰？

回過神來的時候，黑松發現自己正蜷縮在「柯雷夫」面前，像小孩子一樣發抖。

「柯雷夫」一手輕拍著他的肩，用柔和的聲音念著「沒事了沒事了」，雙眼卻陰鬱地望著窗外。

黑松忍不住說：「你讓我想起……我的母親……」

伯里斯手腕一抖，拍人的節奏瞬間亂了：「你的母親？」

黑松誤解了法師的疑問：「是不是挺奇怪的？我最近的記憶亂七八糟，但對小時候的事卻記得很清楚……」

你這是老年失智的症狀。伯里斯嘆口氣，顯然黑松作為精靈還沒到那個年紀。不知道他是生了怪病，還是遭到攻擊或詛咒，如果是後者，那麼能傷到他的人也不容小覷。

黑松雖然心性幼稚、色厲內荏、審美慘烈、不思進取，但他的冒險法術掌握得還不錯，臨場應變能力也很好，普通的惡徒很難傷害到他。

伯里斯不由得想起上次的事。黑松在森林裡遭到襲擊，還好有驚無險。談及此事時，骸骨大君不是打岔就是敷衍，伯里斯看得出這件事多少與他有點關係，便沒有再深究。

那之後，一切風平浪靜，伯里斯認為這是因為大君處理好了相關事宜，所以就把這件事拋在腦後了。不知道這次的事是否與那次襲擊有關，如果真的有關，伯里斯恐怕會自責不已。

他思考著，無論如何，先把黑松帶回塔裡做個檢查。就算檢查不出什麼，他還可以動用最後的手段——讓骸骨大君親一下這孩子，那樣應該就能治好了。

伯里斯帶著黑松，用傳送法術回到塔前。他不想坐馬車，萬一精靈被人預置了窺視類法術，普通移動方式會暴露進入森林的路線。幸好黑松還記得自己學過魔法，沒有對傳送術大驚小怪。

下午起風了，天空十分陰沉，高塔裡隱隱傳來連綿不絕的嗥叫聲，與幽魂啼哭般的風聲混雜在一起。

黑松強裝鎮定，一隻手緊緊抓著伯里斯的斗篷，而伯里斯居然也有點畏縮。怎麼回事？塔裡是什麼聲音？惡魔還是變狼怪跑進去了？它們怎麼可能突破森林與塔外的重重防禦？

沒過一會兒，嗥叫聲變成了清脆嘹亮的犬吠。這下子伯里斯更擔心了，赫羅爾夫伯爵怎麼會叫得如此悽慘？而且一聲比一聲淒厲？

伯里斯推門而入，赫羅爾夫伯爵正好從螺旋樓梯上跳了下來。牠對著黑松瘋狂吠叫，嚇得黑松根本不敢進門，在伯里斯做出制止的手勢後，牠雖收起了敵意，卻沒有像平時一樣乖巧坐好。

牠焦躁不安地走了幾圈，喉嚨裡一直嗚嗚咽咽的。伯里斯心裡一緊：「洛特在哪？」

赫羅爾夫伯爵跑上螺旋樓梯，對著高處開始狼嚎。

伯里斯對黑松指了指一樓客房的方向：「到那邊休息等我，別亂跑。如果有什麼需要，威利斯先生會照顧你的。」說完，他一招手，內務魔像便從陰影裡走了出來。

黑松面帶困惑，但還是認真地點了點頭。塔內的設施讓他覺得有點親切，所以即使看到各種陌生的符文和魔像，他也沒有太害怕。

看精靈跟著威利斯先生走入長廊後，伯里斯暗暗感慨，這真的是黑松最聽話的一次，如果他以前也這麼乖巧該有多好。

赫羅爾夫伯爵跑上好幾層樓梯，又開始催促般地狂吠。伯里斯踏上浮碟，向高塔閣樓升去。

越是升高，他的指尖就越是僵硬，等到了閣樓門前，他從頭到腳瞬間冰涼。

閣樓的門是開著的，鎖被破壞了。這個房間沒有多大，一眼就能望到盡頭，房間內空無一人，赫羅爾夫伯爵卻對著其中一面牆壁狂吠。那正是通往大型解析法陣的門。

伯里斯穿過防禦，融入牆中。門內的空間裡有一張圓形地毯，它像小島般懸浮在空中，周圍上下左右都是閃耀著不同光暈的法陣，法陣按照預設的命令自行運作著，不時傳出細密的機械齒輪聲。

地毯的直徑只有十步左右，四周有半透明的柵欄，中間是一張書桌和幾樣常用的儀器。洛特趴在書桌上，腦袋側枕著手臂，像是在閉目養神。

伯里斯緊張地靠近，發現洛特手腕下壓著打開的古書。他翻開的是後半本，也就是《頌歌集》的部分，伯里斯不知道他是隨意翻到這裡，還是已經讀完了前面的部分。

洛特的呼吸很正常，甚至還不時抽抽鼻子抿抿嘴，這讓伯里斯稍微鬆了一口氣。伯里斯推了推他的肩膀，他一動不動，伯里斯大聲叫他，他繼續酣睡不醒。

幾分鐘過去了，洛特仍然沒有醒來。伯里斯想施法檢查，抬起雙手時，卻發現手指抖得十分厲害。他抓住空中的一段咒文鍊，更改了解析法陣的目標，讓法陣替他做初步的分析。

一個個奧術符文出現在書桌旁的月長石球上，再投射入伯里斯的眼睛裡。沒過多久，法陣便給出了結果。

洛特巴爾德的身體一切正常，只是陷入了沉睡，喚醒方式目前未知。

伯里斯又一夜沒睡。

三天了，洛特一直酣睡不醒。伯里斯試遍了所有能想到的方法，但沒有一個有用。伯里斯不想讓黑松知道這件事，所以就把洛特留在了大型解析法陣裡。法陣中心的書桌旁多了一張床，這三天之中，伯里斯就坐在桌邊處理一堆書籍紙張和瓶瓶罐罐，而洛特則躺在旁邊的簡易木床上呼呼大睡。

他真的不是昏迷，而是睡著了。他呼吸平穩，經常翻身，甚至偶爾還會抿起嘴唇，說一兩句夢話。伯里斯分析過他的夢話，但卻一無所獲，他說的都是一些毫無意義的感嘆詞，偶爾會不舒服地哼幾聲，或含含糊糊地嘿嘿發笑。

洛特沉睡的第一天，伯里斯整夜沒睡，到了第二天下午才斷斷續續睡了一會兒。晚上他一直在查文獻、進行實驗，等回過神來，外面天又亮了。這幾天伯里斯嚴重缺乏睡眠，洛特卻睡得像嬰兒一樣香甜。

法陣內響起一陣銅鈴聲，是內務魔像威利斯先生在呼喚主人。伯里斯站起身，一陣眩暈突然襲來，他眼前發黑，身體晃了晃，又跌坐回椅子上。

適應了一會兒之後，他拖著腳步走出法陣。

他很熟悉這種虛弱感。身體還沒變年輕之前，他幾乎天天都過著這樣的日子。

伯里斯從法陣走入閣樓，威利斯先生立刻迎上去攙扶他。

「什麼事……」話說出口之後，伯里斯被自己嘶啞的聲音嚇了一跳。

魔像回答：「您有十四條未回應的提醒，前十二條已經失去時效性。」

伯里斯大概知道前十二條是什麼，應該都是威利斯在提醒他用餐和休息。

「告訴我第十三條。」

「昨天您的膳食攝入量不足。今天的早餐已經為您準備好了，請您保重身體。」

「好的，謝謝。那第十四條？」

「黑松先生一直想見您，我按照您的吩咐，以『柯雷夫先生忙於課業，不便下塔』

為由拒絕了他，今天早晨他再次呼喚我，申請使用一樓客用起居區域的廚房。」

在法陣裡伯里斯一直沒有感覺到疲累，現在他走出來，聽著威利斯先生的敘述，腦子卻突然變得暈乎乎的。黑松要幹嘛？為什麼要用廚房？

「讓他用吧。」伯里斯說，「只要是符合『高塔客人』許可權的事，他都可以做，不必再向我申請。」

說完後，伯里斯叫魔像陪他進入研究室，整理了幾樣常用的施法用具，還拿了外出旅行的斗篷。

他要去黑崖堡一趟。他需要麗莎的屍骨。

他搞不清楚洛特到底出了什麼事。也許一切的答案都在《編年史》與《頌歌集》中，但現在他根本沒時間親自讀那本書。

破譯神術符文費時費力，閱讀一個神術符文就要耗上好幾天，再加上這本書對凡人的影響，人類不花費幾十年根本讀不完。

他曾經想把麗莎接到塔裡，在她的幫助下慢慢瞭解那本書。這種「幫助」指的是正常交流，而不是讀心術什麼的。

如果受術者是活人，那麼並沒有任何魔法能精準讀取他的特定記憶。有的法術能夠測謊，但它只能探知受術者當下的心事，並不能探究過往；還有些神術能幫人加固或喚回記憶，但它只能讓受術者本人想起，如果施法者也想獲知相關記憶，他還是必須透過普通方式詢問。

然而，麗莎死了，所以伯里斯可以讀取她的大腦。

死靈學體系內有一門抽取術，可以從完整的遺體上提取特定記憶，這項法術十分精準，法師可以從死者的殘留的靈魂中截取想要的任何資訊。但伯里斯一開始並不想這麼做。

倒不是因為倫理道德，而是太危險了。

抽取術會對施法者產生副作用。根據施法者手法的不同或體質的不同，副作用帶給他的傷害程度也有所不同。

這種傷害可以用攝入飲食來理解：人每日三餐，一整年能吃下一座倉庫的蔬果，如果要把這麼多東西在一餐內吃完，用餐恐怕就會變成酷刑。記憶也是一樣，如果頭腦在短時間接受大量資訊，輕則身心不適，重則徹底崩潰。

總體來說，施法提取的內容越短，施法者的不適感越輕；提取的訊息量越大，施法者的負擔也會隨之增加。

每具屍體只能被抽取一次，施法者沒有慢慢挑揀的機會。所以即使冒著風險，法師們也必須盡量提取更多資訊。

歷史上曾有不少死靈法師使用過抽取術。幾十年前，五塔半島就出過類似的事件。有個野心勃勃的學生謀殺了導師，用法術提取導師的學識，試圖將某項研究成果據為己有。他的法術成功了，那些知識輕而易舉地進入他的腦海，但他卻永遠失去了將它們表達出來的能力——他變成了一個生活不能自理的白痴，連話都說不清楚。

當然也有正面的例子。有個名叫「霜星」的精靈法師，她抽取過幾位因急病去世的學者或匠人，讓許多失傳的技藝和知識重新回到世間。霜星終生被頭痛折磨，不知道是否與法術有關，除此之外，她身上沒有出現別的後遺症。

不明確的副作用讓抽取術成為了一種禁忌，即使沒有人明確禁止，法師們也不會輕易使用它。

有些研究者認為，施法者的壽命越長，副作用對他的傷害就越小，所以身為精靈的霜星並沒有受到太嚴重的影響。這一理論放在人類身上也成立，但人類衰老得太快，就算某位老人的大腦能承受副作用，他的身體也可能撐不住，他在讀取資訊時可能會肌肉痙攣、血壓升高，甚至出現類似睡眠呼吸暫停的症狀。

這麼一想，現在伯里斯的狀態簡直完美：實際年齡年長，身體卻十分年輕，正是施展抽取術的絕佳機會。

也正是因為這一點，他才敢動使用抽取術的念頭，雖然風險依舊存在，但他願意相信這具年輕的軀體和自己的技術。

不然又能怎麼辦呢？還有什麼辦法能快速得知書上的內容？

伯里斯整理好外出用品，在浮碟中緩緩下降。

致施法者伯里斯閣下及家屬

他抬頭望向閣樓，不禁咬牙切齒。

氣死我了，解決這事之後我必須認真和洛特談談，但他肯定不會聽話的。如果他聽話就不會偷偷跑去看書了。那我該怎麼辦？氣死我了，真的氣死我了。

來到一樓大廳時，某種熟悉的香味打斷了他腦內的譴責聲。黑松從茶水間探出頭，看到他便大喊起來：「等等，你等等……」

伯里斯疑惑地望去。黑松現在的樣子讓他很不適應——頭髮是標準森林精靈的金色，臉上乾乾淨淨的，穿著麻布原色的長衫，看起來簡直像一個正常的精靈。

伯里斯原本打算幫黑松檢查一下，結果骸骨大君突然出事，黑松就被完全忽略了。伯里斯有些內疚，看著黑松的正常的膚色和金髮，他心裡反而有些沉重。

黑松遇到的事情恐怕也不簡單，但現在伯里斯實在無法一心二用。

「柯雷夫，你叫柯雷夫吧？」黑松叫住他，「你好忙啊，我想問你一點事情都找不到人。」

「導師安排了很多工作給我。」伯里斯回答。

黑松打量了一下他的打扮：「你要出門？」

「是的。抱歉，我把你帶回來，卻照顧不周全……」

「你有事就去忙吧，我多等一會兒也沒關係。住在這裡挺好的，住冬青村還要付錢呢。對了，你先別出門，等等。」

伯里斯暗暗感嘆，黑松果然還是黑松，雖然沒有了記憶，但性格依舊沒變。

片刻後，黑松從茶水間端出一杯疑似奶茶的東西，它的顏色比奶茶深，表面漂浮著一些紅色碎屑，聞起來有焦糖的味道，還有隱約的花香。

「這兩天，我突然想起了它。」黑松把飲品遞給伯里斯，「我去廚房找點吃的，看到了一些瓶瓶罐罐，裡面是咖啡豆、紅茶、香料什麼的，不知道為什麼，我突然就想起了這個東西。我按照記憶把它調配出來，以前我肯定調過它，但我不記得它叫什麼，我甚至不知道用到的香料叫什麼。」

伯里斯捧著溫熱的飲品，被蒸氣熏得眼睛也有點發熱。黑松以前確實調過這種飲料，把煎紅茶和牛奶調配在一起，再加入產於樹海的特殊茶粉，最後用紅麴粉鋪在上面。

伯里斯誇過它好喝，能提神，口感香甜又不會太膩。他曾經開玩笑說，這飲料恐怕是黑松的研究成果中最有價值的一個。

「它叫『復生之血』。」伯里斯笑了起來，這亂七八糟毫無依據只追求恐怖的名字當然是黑松取的，「我……我的導師還滿喜歡它的。」

「你的導師是伯里斯．格爾肖吧？」黑松有些興奮地說，「他應該也是我的導師，什麼時候我才能見到他？」

你短時間內是見不到他了。伯里斯回答：「他很忙，經常外出，行蹤不定。現在是我替他管理高塔。好了，我應該走了，我離開之後，你要聽威利斯先生的話。」

黑松點點頭，像個乖孩子一樣和他道別。走出大門後，伯里斯忍不住回頭望向塔頂，也許是因為喝了「復生之血」，他的心情平穩許多，走出閣樓時那種精疲力盡的感覺也煙消雲散了。

通往黑崖堡的傳送陣被他藏在森林裡，要走一小會兒才能抵達。找到法陣後一切就沒什麼問題了。眨眼之間，伯里斯便從不歸山脈移動到了黑崖堡郊外的樹林裡。

麗莎被埋葬在城西墓園，距離這片樹林不遠。伯里斯帶了兩枚泥形殺手，等天黑之後，他就啟動它們，讓它們來挖掘墓土。

趁天還亮著，伯里斯在墓園附近轉了一圈，他憂傷地發現，事情可能比自己預想得還要複雜。

墓地靠著一座小型聖堂，聖堂裡有兩位常駐牧師，還有一名負責處理雜事的守墓人。但這不是最糟的，更麻煩的是，這座墓園裡埋著很多奧塔羅特神殿的聖職者，聖職者的親朋好友肯定也是信徒。這群人和普通百姓不同，他們喜歡在夜間掃墓，而且默哀時會在墓碑前點一盞燭火。

伯里斯想像了一下。夜深人靜的墓園裡，幾個牧師或騎士正在懷念已逝的親友，借著微弱的燭火，他們發現了一個可疑的身影，他們追了上去，圍住一個看起來鬼鬼祟祟的法師，法師帶著兩個怪物，正趁著夜色掘開墓穴，偷盜屍體，褻瀆死者。

太經典了，簡直是教科書般的死靈法師行為。

致施法者
To Burris the Spellcaster and His Family Dependent
伯里斯閣下及家屬

Chapter 09

致施法者伯里斯閣下及家屬

夜深人靜的墓園裡，一小隊神殿騎士正在懷念去世的師長。借著微弱的燭火，他們發現了一個可疑的身影。那是個膚色灰白、蓬頭垢面的女人，她正費力地拖行著什麼東西，腳步蹣跚地走向墓園出口。

騎士們追了上去。女人聽到聲響停下腳步，回過頭，露出一張乾枯灰敗的面孔。

它顯然不是活人。

就在騎士們打算採取行動時，附近黑暗的角落中發出一聲巨響，他們循聲音望過去，只見一團陰影在夜色中膨脹得越來越大，擋住了那片區域的燭火，甚至遮蔽了天空一隅的星光。

灰白色女屍露出獠牙，襲向距它最近的年輕人。騎士們紛紛拔劍的同時，那團看不清形體的生物也咆哮著向他們衝了過來。

在距離他們最遠的角落，兩個泥土人偶伸出巨鏟形的前肢，趁著混亂輕鬆挖開了墓土。伯里斯蹲在附近的矮樹叢裡，一邊監督泥形殺手，一邊留意著遠處的戰鬥。

提供騎士們一些突發情況，他們就無法留意整個墓園了。伯里斯沒有選擇幻術或操控術，畢竟很多聖職者都會佩戴抵抗惑心的護身符，操縱他們不如操縱屍體保險。

女屍是他從地下神殿借來的，渾身黑氣的巨大生物則是數具屍體組成的嵌合肉魔像，屍源同樣來自地下神殿。這裡是墓園，其實伯里斯也可以直接喚醒這裡的屍體，但墓園的死者多半還有親友在世，把事情搞得太刺激會很難善後，而且施法強化屍體需要時間，在地下神殿進行比較安全，不用冒著被中途發現的風險。

伯里斯沒有把屍體改造得太強大，他不想造成傷亡。他把它們加工得又敏捷又強壯，它們很難被擊中，也很難被破壞，但它們的攻擊力道並不沉重。這樣一來，它們會與騎士纏鬥很久，雙方誰也幹不掉誰。

很快，麗莎的棺木露了出來。泥形殺手從棺材縫隙鑽了進去，靈巧地撬開釘子，將棺蓋完好安靜地滑開。伯里斯憂愁地想：今天我把她帶走，結束之後還要想辦法把她帶回來，到時候又會有一堆麻煩。

他對白黏土色的泥形殺手比了個手勢，它跳進棺材中，包裹住麗莎的屍身，形成了一個具有人類輪廓的白色外殼，臉上還有清晰的五官。

白黏土色的泥形殺手裹著麗莎爬出墳墓，旁邊的黑漿色泥形殺手則蓋好棺材，迅速重新填好墓土。幸虧這座墳墓很新，一般人看不出來它又被翻了一遍。

在騎士們英勇的進攻之下，活屍和肉魔像且戰且退。它們的的行動越來越遲緩，漸漸從一個龐大的嵌合體潰散成了各自行動的活屍群，最終躺回地上，失去活性。

與此同時，伯里斯已經帶著麗莎和泥形殺手遠離了墓園。

如果騎士們在天亮後仔細檢查現場，他們會發現這些屍體都死很久了，和近期黑崖堡一帶的死者毫無關聯。

如果他們找軍隊裡的法師來探查施法痕跡，法師會推論出：一定是某個學藝不精的死靈法師在亂做實驗，他不小心弄出了亂七八糟的東西，自己又無法控制，於是只能把它們丟在樹林裡不管。

這些活屍沒有目的，毫無智慧，攻擊力差，行為缺乏邏輯，所以這肯定是失敗品。不死生物會親近死亡的氣息，所以它們會在墓園裡閒逛。

黑崖堡的軍隊法師肯定會做出這樣的判斷，因為那個人的死靈學概論是伯里斯教的。伯里斯一向用雙重標準來教學，對真正的學生是一套理論，對那種需要基礎培訓，但又拒絕死靈學的人則是另一套說法。

如果奈勒知道了昨晚的事也沒關係。他既不會懷疑艾絲緹，也不會找她幫忙。艾絲緹早就回王都了，昨晚她參加了貴族千金們組織的酒會，今天動身前往東部小鎮視察孤兒院。

一切都是這麼地完美，只差讀取麗莎的記憶了。

伯里斯選擇了地下神殿的通道。這裡安靜隱蔽，實在是絕佳的施法場所。

他把麗莎放在大殿門前，沒有打開門。門裡面屍體堆積如山，他製做嵌合魔像時把屍山弄得有點雜亂，隨便打開門會讓它們坍塌湧出。這讓伯里斯想起了在教院工作的日子，很多法師同事的私人儲物櫃就是這個樣子——隨便開門，將會被雜物掩埋。

伯里斯在地上畫好法陣，把麗莎以側臥的姿勢擺在中間，拿出一支上下均有尖刺的金屬燭臺。

他在上方的尖刺裝上白色蠟燭，將下方的尖刺刺入屍體顱骨的翼點處，然後劃破自己的手指，讓血順著金屬刺流向屍體的頭顱。

當第一滴血滲入屍體時，伯里斯點燃蠟燭，開始念誦咒語。

蠟燭的火光是冷藍色的，光芒只能映照出屍體和法師的臉。遠處還有幾盞提供照明的普通蠟燭，但隨著咒語越來越長，那些蠟燭開始一一熄滅。

沒過多久，通道完全暗了下來，連冷藍色的火光也消失了。伯里斯閉上眼睛，冷光出現在他漆黑的視野中。

光芒服從他的指示，開始為他引路。他要在靈魂的迷宮中排除無關的記憶，盡早找到想要的東西。

白楊樹，青珊瑚，熠熠星空，無邊碧海，嘈雜的街市，寂靜的晚霞，葬禮上的哀歌，立春日的狂歡……一個靈魂中存在著浩如煙海的記憶，幻如火焰，凜如利劍。施法者必須時刻保持專注，把精神牢牢集中在目標上，讓那股藍色冷焰引領自己，躲過繁冗無用的資訊。

伯里斯很快就找到了它。金屬封面的古書，一側是鐵黑色，一側鑲有銀鏡，引路者撰寫《子夜編年史》，後來人傳唱《白銀頌歌集》。

現在他可以直接知曉麗莎所知道的一切了。骸骨大君是不是已經看到了這些故事？他看到了多少？他自己又記得多少？

致施法者伯里斯閣下及家屬

在龐大的資訊侵入靈魂時，一個念頭在伯里斯腦中閃過，他突然明白了一件事。

洛特總是表現出各種關於愛情的提示，而他卻無法給出明確的回應。他一直維持著若即若離的態度，簡直像是因為被追求而煩心的貴族小姑娘。

伯里斯自認並非矯矜之人，那麼，為什麼會這樣呢？

過去的六十年中，我常常在夢裡見到他，現在他每天都站在我面前，為什麼我卻一步也不願意前進？當他向我走來時，為什麼我會下意識地後退？

現在伯里斯明白了。這可能不僅是因為性別問題，也不只是因為羞澀。

跨越千年時光的半神有著怎麼樣的靈魂？恐怕再睿智的法師也無法瞭解。

洛特巴爾德身上籠罩著無邊的夜霧，就像亡者之沼的黑色高塔一樣。他嬉皮笑臉也好，沉潛剛克也好，那都不過是他真面目的冰山一角。

就像昔日，他每百年才能出來七天一樣，那七天只是他的一部分，而不是他的全部。

現在也是。現在他仍未完全自由，他仍被囚禁在某處。

所以伯里斯會下意識地退縮，他生怕自己救出來的只是一個幻影。幻影之下，還有一個完整的遠古半神。

那會是洛特嗎？還是伯里斯根本不認識的陌生人？

他醒過來的時候，有人把一本書放進了他懷裡。當時他還不知道這東西叫做「書」。

他不記得對方的模樣，只記得那人在說：「我再也沒有力量了，交給你吧。」

他不知道這是什麼語言，字句的含意直接傳進了他的意識中。

他抱緊書本，從深淵向上墜落，一直穿破水面，落入天空。

他仰望無垠的漆黑大海，看著那個人漸漸沉入水底。

之後，他看到的第一個畫面，是仲春時節百花盛開的山谷。

他不懂欣賞美景，所以未作停留。等到他認得諸多事物、學會閱讀文字、擁有了真真實實的身體之後，他又回來了。

這次，山谷卻變了模樣。樹木化為灰燼，村落變成屍塚，山脊中部被某種東西劈開了一道豁口，就像大地上趴伏著被攔腰斬斷的巨龍。

時間並沒有過去多久，這也並不是歲月變遷的痕跡。村落是被煉獄翼蛇的怒焰吞沒的，植物則是被異界元素毒殺。

山脊上的巨創真的與龍有關，那頭火龍擊殺了整個翼蛇編隊，然後與魔鬼的指揮官同歸於盡。牠最後的怒火震徹大地，在山川上留下了永遠的瘡疤。

他把這一切都記錄下來了。不是用那剛長出來沒多久的大腦，而是用那本書。他從後半本開始寫，寫得還很少，連半頁都沒有填滿。

在這之前，他已經讀完了書的前半部分。書中介紹了關於神域的種種知識，記錄

致施法者伯里斯閣下及家屬

了黑湖與亡靈殿堂，還寫滿了黑湖守衛的痛苦與自省。

神明與魔鬼相遇，相識，廝殺，別離，重聚，然後一同墮落，共赴深淵。

在消失之前，黑湖守衛用最後的力量把書和祂的造物推向人間。這個造物是三種力量的融合體，神域之力來自黑湖守衛，煉獄之力來自魔鬼君主，死靈之力來自充滿罪惡靈魂的黑湖，所以他既可以救治生靈，也可以抵抗魔鬼的毒素，還可以從屍橫遍野的戰場上喚起屬於自己的戰士。

他找到了火龍的亡骸。龍的身軀已經殘破不堪，碎裂的雙翼也不可能再次翱翔於天際，他將屍骨粉碎又重新組合，把巨龍變成了一支軍隊，每個士兵都是被燒灼後的焦黑色，還長著骷髏和彎曲的龍角，與它們的創造者有幾分相似。

聽說魔鬼可以把死者轉化為煉獄生物，而他則可以將死者轉化為不死的士兵。不僅如此，他還可以操縱世間其他亡靈，讓它們一起抵禦煉獄生物的進攻。

亡靈軍隊越發壯大，世人也逐漸發覺了它們的存在。有人認為這是神的援助，也有人認為這是悲劇的徵兆。

曾經有人遠遠看見過，月色之下，焦黑色與骨白色的亡靈侵入了魔鬼的營地，將那些赤紅的生物撕成碎片。

人們看到了亡靈軍隊的領導者，但卻不敢接近。他們敬畏地傳頌著他的故事，將他敬稱為「骸骨大君」。

他很喜歡這個稱呼，於是默默地把它記了下來。

那天，他正在打掃戰場。他發現了兩具人類的屍體，一個是成年人，穿著簡陋的皮甲，拿著折斷的骨矛，全身血跡斑斑；另一個是渾身發青的女嬰，小小的頭顱上嵌著一枚煉獄恐鳥的牙齒。從死者的姿態可以判斷，這個成年男人是為了保護幼兒而死，只可惜孩子最終也沒能逃離厄運。

他突然想起了黑湖。當我的創造者把書交給我，將我推向人間時，不知祂的心境是否與這位父親相同。

有一天，他在夢裡回到了黑湖。他站在湖面上，天空中有一團類似太陽的光斑、一枚楓葉形狀的缺口，還有一彎形如新月的傷疤。

太陽在他心中呢喃：「戰爭就要結束了，我們會用盡所有力量，永遠切斷各個位面之間的聯繫。」

楓葉在他耳邊細語：「從此以後，魔鬼再也無法侵蝕其他世界，相對地，我們也將遠離人間。」

新月的聲音在遠處響起，彷彿從無盡的虛空中飄出來一般：「唯一特殊的是，凡人仍可通過黑湖抵達我的神域，尋求生命盡頭的安眠。從此以後，黑湖將是凡人與神域之間的唯一紐帶。可惜黑湖守衛已死，無人鎮守於此，你願意留下來嗎？或者，你

致施法者伯里斯閣下及家屬

願意與我們一起離開嗎？」

他不需要開口，祂們可以直接讀懂他的回答。他不走。他只是半神，沒有真神的強大靈魂，一旦前往神域，他會失去自我，失去獨立的意志，他的靈魂會融入神域之中，就像那些回歸神明懷抱的人類靈魂一樣。

他也不想留在黑湖。他還有很多沒做完的事，比如清掃殘存的魔鬼軍隊，比如狙殺被煉獄元素感染變異的古怪生物，比如和人類一起尋找沉眠的龍，比如回到曾經的山谷看看。這麼多年過去了，那裡的土地應該已經重新煥發新生，他對第一眼看到的仲春景色念念不忘，一直想再次目睹群山百花盛開的樣子。

他還想去看看傳說中的「獅鷲」。據說獅鷲群居在山脈中，高山隔開了西邊的荒漠與東邊的森林平原，山腳下的國度至今仍未被魔鬼染指。獅鷲聰慧而強大，一直幫助人類抵抗魔鬼，山脈附近的人類十分崇拜這種生物，還把牠們的形象描繪在石板和羊皮紙上。

他也想看看那支頑強保衛家園的人類民族，也許他可以與那些勇敢的人類生活在一起，和他們一起清剿殘留在人間的煉獄怪物。

看到他的回答之後，太陽嘆息著漸漸黯淡了下去，楓葉形的缺口也漸漸彌合。新月是最後一個消失的。虛空中的聲音對他說：「為了對抗魔鬼，你喚起無數亡靈。你要答應我，等到最後一個魔鬼消失之後，你必須將亡靈送回黑暗，否則，不死者亦會將人間變為煉獄。」

「我會做到的。」他對著天空說，「就算我說能做到，祢會相信我嗎？」聲音回答他：「你心中所嚮往的美景，即是最為可信的承諾。」

他把這些都記錄在了書中。他記下了位面割離發生的時間，也記下了那之後魔鬼軍隊的垂死反撲。魔鬼們被困在人間，卻無法再壯大勢力，也無法逃回煉獄，就算它們還能暫時負隅頑抗，最終也只能消耗而亡。

很多年之後，他又重新閱讀了書的前半部分，不禁心生疑惑。

那個被困在黑湖裡的魔鬼君主應該也會垂死掙扎，甚至發瘋，就像現在被困在人間的魔鬼軍隊一樣。在這種情況下，如果黑湖守衛想一鼓作氣殺死敵人，就算身為次級神的祂力有不逮，也完全可以求助於三善神。那麼，祂為什麼要把自己和魔鬼君主一起困在黑湖中？他們為何會一同湮滅？

黑湖守衛親筆記下了這段傳奇，卻從未解釋其中原因。

他感到十分惋惜。不僅他讀不懂那段故事，也許將來讀書的人也都無法明白。除非他能再見到造物者，親自詢問當年的故事。

時間一年年過去，他寫的紀錄大約有一指厚。這些年歲中，他繼續狙殺魔鬼，繼續在既陌生又熟悉的土地上行軍、流浪。他找到了西南山脈旁的國家，還認識了一些生活在那裡的普通人類。

致施法者伯里斯閣下及家屬

這些人耕種著肥沃的土地，建造了堅固的城堡，即使沒有骸骨大君的幫助，他們也可以依靠自己的力量抵禦煉獄生物。他們像古時候一樣崇拜著獅鷲，把獅鷲的雄姿描繪在旗幟與盾牌上，自稱是受到神聖生物祝福的民族。

在與這些人類交流的歲月中，骸骨大君得到了他的第一個造物。根據古書記載，只有真神才有造物的能力，但他卻憑著三種混雜的力量做到了。

第一個造物由亡靈之力構成，是年輕人類女性的模樣。她產生於戰場之中，幫助大君統帥不死軍團，其強大的殺戮能力一如死亡本身。原本她沒有名字，後來骸骨大君從人類的諸多傳說中替自己取了名字，也幫她取了名字，她叫「奧吉麗婭」，據說含意是銜走靈魂的小鳥。

又過了很多年，山脈下的國家已經習慣了不死生物的存在，他們甚至與骸骨大君結盟，派兵與他的亡靈軍團一同行動。某次行軍中，他們目睹到了峭壁上獅鷲起飛的英姿，這給了他一些靈感，讓他塑造出了第二個造物——一頭暗紅色皮毛的巨大獅鷲。

這個造物由煉獄之力構成，內心如那些崇拜獅鷲的人類一樣明澈天真。骸骨大君偷偷挪用了一位人類將軍的名字，將暗紅色的獅鷲命名為「席格費」。

魔鬼的蹤跡已經越來越少了，大地上的瘡痍卻很難消除。那天，骸骨大君如願找到了初到人間時的山谷，當時是冬天，山巒銀裝素裹，火龍與翼蛇在山脊上前留下的裂痕還清晰可見，形似巨大的銀龍帶著巨創永眠於此。

不久後，半神又得到了他的第三個造物。這個造物由神域之力構成，能夠敏銳地感應異界，梳理躁動的元素，甚至治癒各種負面之力造成的傷害。他比任何神使或牧師都要接近神術本身，可謂是人間絕無僅有的奇蹟。

他名為「奧傑塔」。這個名字是奧吉麗婭想出來的，她把自己的名字從「銜走靈魂的小鳥」變成了「帶回生命的小鳥」。但奧傑塔不是小鳥，也不是女孩或獅鷲，他是一頭山巒般巨大的銀龍。

一旦存活於世，造物們就是三個獨立的個體了。他們不是亡靈，也不是人類，是被神造出的另一種活物，他們可以像人類的孩子一樣自行成長，就連骸骨大君也無法估計他們的潛能。

奧吉麗婭在戰場上斬殺魔鬼，身影猶如死神；席格費能奪走魔鬼散發出的異界元素，避免它們影響人間；奧傑塔伸展雙翼，從魔鬼的火焰中保護同伴和人類，他可以讓士兵忘卻傷痛，讓逝者安然沉睡，當陽光照射在他身上時，銀色龍鱗折射出的光芒可以淨化被汙染的土地，讓荒涼百年的山谷重現新綠。

骸骨大君把書交給了三名造物保管。他們替越來越厚的書頁續上紙張，繼續記錄著所見所聞，奧傑塔還把自己的一片龍鱗鑲在書上，這樣可以保護書本永不腐朽。

骸骨大君不再親筆記錄任何東西，現在他根本沒有精力顧及這些。他答應過，等最後一個魔鬼消失之後，他要將亡靈送回黑暗之中，否則，不死者亦會將人間變為煉獄。

致施法者伯里斯閣下及家屬

原本他以為這不難，他能喚起死者，自然也能毀滅它們。但他錯了。他發現自己的力量正在衰弱，不死者漸漸開始不受控制。

他面臨著力量的透支。就像人類一樣，再強壯的人類也無法晝夜不停地工作，他們必須適當休息，才能在第二天恢復體力，然後如此循環往復。而骸骨大君不是這樣，他從來到人間起就一直在支出力量，幾乎從未真正進行休養，直到今天，他的靈魂幾乎被磨損得千瘡百孔，根本無法恢復到力量充盈的狀態。

真神不會有這個問題，但他只是半神。即使他現在開始修養也來不及了，不死者大軍越發失控，已經無法再與活人和平共處。

現在大多數人類都已經不再畏懼魔鬼，有些年輕的孩子甚至不知道煉獄生物真的存在過。人們開始畏懼死者，他們擔心自己的親人死而復生，變成啖人血肉的怪物。

大君知道一個快速回復力量的辦法。他可以殺死那三個造物，吞噬他們蓬勃成長的靈魂。但他不想這麼做。

當然，還有一個辦法：重新回到黑湖，繼承神域，成為新的黑湖守衛。

當年，奧塔羅特在離去前曾這樣邀請過他，可惜他拒絕了。現在黑湖位面已經被割離，除了死者的靈魂，恐怕任何人都無法進入。

或許還有一個辦法。三善神離開後，祂們殘留在人間的力量形成了神術脈絡，神術脈絡能夠指示出位面薄點。薄點就像蛛絲，蛛絲的一端懸掛在物體上，細小的線索可以指示出另一空間的位置。

他可以尋找位面薄點，找到返回黑湖的方法，但這樣需要耗費相當長的時間，可能還要賭一點運氣。在不死生物越發失控、釀成無法挽回的慘劇之前，他不知道自己還有沒有機會。

事情發生的那一年，奧吉麗婭前往大陸東南方，試著安撫陷入瘋狂的戰場幽魂，與此同時，奧傑塔在南方淨化被魔鬼血液汙染的海面，席格費正忙著追獵殘存的煉獄翼蛇。

他們的主人骸骨大君獨自留在西南山脈中。他試圖帶領亡靈軍隊越過山脈，前往西邊人煙稀少的荒漠中。這些東西越發難以控制，他必須耗費一些力氣才能讓它們重新安眠。

奧吉麗婭是第一個回來的，她找到主人的時候，主人正站在一片血海之中。

他站立的地方曾經是一座廣場，到處都是吵吵鬧鬧的人類。而現在，這裡完全沒有活人的氣息，只有數不清的屍體。

屍體有新有舊。舊的是失去活性的死靈士兵，新的是剛死去不久的人類。它們慘烈而詭異地交疊著，掩蓋住了地面和一部分建築，根本看不見邊際。

屍骨形成了山丘，山丘上豎著一面斑駁破損的戰旗。旗子被血和濃煙侵蝕得根本

致施法者伯里斯閣下及家屬

看不出顏色，中心的銀色獅鷲圖案卻依舊鮮明，在陽光下閃閃發亮。

染著鮮血的獅鷲高抬前肢，挺胸振翅，正在向著蒼穹咆哮。

奧吉麗婭在書上寫道：

主人一直沉默不語，猶如化為了石像。直到席格費和奧傑塔也回來了，他才對他們說出了接下來的打算。

讀到這裡，洛特巴爾德突然想起來了。即使不看後面的內容，他也完全想起了那時的事。

既然諸神將他囚禁於亡者之沼，那祂們為什麼不將他的造物一併清除？

因為，在他創造出造物之前，位面割離已經發生，真神已經離開了。

沒有人知道他身為半神也能造物，也沒有人質疑他剿殺魔鬼的戰績，更沒有人因此而將他視為危險物品。

他被後世的猜測和記述誤導了，以為聽到的傳說就是自己的真實經歷。而現在，他想起來了。

囚禁他的人並不是真神，是他自己。

致施法者
To Burris the Spellcaster and His Family Dependent
伯里斯閣下及家屬

Chapter 10

致施法者伯里斯閣下及家屬

奧吉麗婭寫下的神術符文中記載：

亡骸吞沒了獅鷲之民，年輕的城池就此化為血海。半神決定凝聚起自己最後的力量，創造出繭一般的微小位面。

他效仿三善神割離神域與煉獄，從此遠離生者的國度，帶著難以馴服的不死者們遷居到囚牢之中。

血與塵土形成颶風漩渦，捲起所有曾被他喚起或殺死的屍骸。半神站在風眼之中，隔著風牆遙望著自己的三個造物。

造物們已經各自成長許久，現在的他們有著半神也想像不到的力量。

奧吉麗婭自作主張，犧牲掉自己的大部分的攻擊能力，讓它們化為堅固的錨點，死死勾住新生位面，讓它不會漂流得無影無蹤。

席格費也釋放出了世間罕有的控制之力，讓它們作用在主人身上。他讓骸骨大君每一百年能回來七天，這是異位面被強行開合的最小間歇。如果想要更多時間或更小間距，就連他也做不到。

奧傑塔幾乎用上了全部的治癒之力，將王國中的一小部分人類從死亡的邊緣拉了回來。敬拜獅鷲的民族並沒有就此滅亡，總有一天，他們會再與大君重逢。

做完這些，三名造物幾乎耗盡了力量，無法再像昔日一樣戰鬥。在遊歷四方多年之後，席格費與奧吉麗婭陷入沉睡，在這之前，奧吉麗婭把書本留給了曾經最為強大的奧傑塔。

奧傑塔留在人類的國度裡，默默陪伴著那些復生的人民。他希望這個國家能重現輝煌，生生不息。他為他們講述曾經的故事，教他們記錄今天與未來，將來的某一天，倖存者們的後裔會找到囚牢，會見到半神，他們可以告訴他：我們活了下來，我們已經原諒你，我們願意讓你回來。

由於靈魂和身體的疲憊，多年之後，奧傑塔也於某處陷入沉睡，從此消失在了人們的記憶中。書本留在人類記錄者的手裡，流傳了幾代之後，停筆在最後一張羊皮紙上。

直到它有了第一個真正意義上的閱讀者，它才首次被正式命名。書的前半部分描繪了黑暗與混沌，遂名為《子夜編年史》；書的後半部分記錄了白銀獅鷲民族與其友人的種種經歷，於是被稱為《白銀頌歌集》。

天長日久之後，這本書也逐漸被人遺忘。但在這之前，它已經影響到了很多早期流傳下來的文獻與野史，那些紀錄各有偏差，後人在閱讀時也會不斷擴大理解差異，很多東西代代相傳，早已面目全非。

比如，關於白銀獅鷲的血脈，還有關於解除詛咒的方法。

伯里斯蜷縮在石門下，掙扎了幾次，卻連站都站不起來。法術完成的瞬間，他第

致施法者伯里斯閣下及家屬

一次體驗到了半身不遂的感受。

無數資訊在腦中亂竄，幾乎奪去了大腦控制身體的本能。他在腦海中嚴厲地命令自己集中精神，片刻也不敢放鬆，這樣堅持了很久之後，他終於能稍微移動手腳了。如果他放棄自我控制，讓腦子裡本就十分龐雜的資訊自由膨脹，他可能會立刻失去意識，忘掉目的，甚至忘掉自我。

不知過了多久，他撐著牆坐了起來，依舊頭暈目眩。以前他也有過類似的經驗，大概是二十幾年前，幾名冒險者從古遺跡中找到了一本法術書，書上的防禦和詛咒多得令人震驚，大概原本的主人每天都會對它重新施展一個新法術，而且每天的法術都比前一天的更加惡毒凶險。什麼燒灼或腐蝕效果都還好，最麻煩的是那些影響心靈的詛咒，在書被送進希爾達教院的高層辦公室之前，它已經成功搞瘋了七八個法師。

伯里斯與書上的魔法鬥智鬥勇了一整個下午。最終，他成功抵抗住了惑控，書本收起鋒芒，向他臣服。後來他一直耳鳴，幾乎頭疼了一整天，好在法術書中的知識意義重大，這點微小的代價還算值得。

說真的，今天施法後的不良反應沒有那次嚴重。伯里斯的抽取術非常成功，他順利得到了想要的資訊，也沒有影響到自己的健康。

但奇怪的是，當他試圖回憶獲得的訊息時，他竟然不由自主地開始流淚，甚至逐漸泣不成聲。

這裡只有他一個人，和一具屍體。沒人看到，沒人知道，沒人相信伯里斯・格爾肖竟然會藏在地下遺跡裡偷偷哭泣。

他又難過又驚訝，模糊的視野中，竟然浮現出了自己童年時的畫面。那時他還不太記得清楚事情，也還沒聽說過什麼是魔法。他走在風雪裡，低著頭，瞇著眼睛，咬緊牙關，緊緊拉著母親的手。

她走得慢時，他就貼在她身邊，她走得快時，他就小跑著跟上她。他又餓又冷，但他不想對母親抱怨，他覺得小孩子就應該跟著大人，而大人肯定會永遠保護他。

直到那個人把他抱了起來——大概是因為他走得太慢了——他腦中一片空白，突然開始嚎啕大哭。

因為，眼前的人根本就不是他的母親。

他跟著「母親」走了幾天幾夜，從來不哭不鬧。他那麼愛「她」，那麼依賴「她」，他擔心「她」會病倒，也擔心「她」會拋棄自己。為了忍耐飢餓與疲勞，他幻想自己與母親坐在爐火邊，家裡的親朋好友團聚在周圍，他們遠離了寒冷與飢餓，從此幸福快樂地生活在一起。他依靠幻想中的溫暖捱過了飢寒，現在天亮了，雪停了，幻想中的畫面彷彿越來越近……可是他卻發現，他根本不認識身邊的人。

這人是個藥劑師，某種意義上來說，也是他的第一任老師。過了幾年後他才漸漸明白，當初是自己太過年幼，所以尚不能理解雙親的死亡。

致施法者伯里斯閣下及家屬

藥劑師沒有傷害他，他也不是在害怕藥劑師本人。他害怕的是陌生，是未知，是無法掌控的人生。

到了少年時代，他就不太能想起小時候的事了。大多數小孩都不怎麼記得幼兒時期的生活，除非有成年人在身邊反覆敘述、反覆提醒。風雪中的經歷已完全沉入了他的記憶深處。

直到藥劑師把他帶到伊里爾身邊，那種無法言喻的恐懼再一次出現。不過這次他長大了，知道應該怎麼克服恐懼。

他沒有失控，甚至沒有抗拒。他力求掌握住自己前進的步調，每一天都仔細想清楚下一步該怎麼走。

從開始接觸奧術，到背叛導師，再到被神殿騎士們帶上囚車，他再也沒有認錯身邊的人，再也沒有依靠幻想中的爐火取暖。

他不再假設過去，只一心盤算著未來。

現在回想起來，骸骨大君的出現就像是一場夢境。

那個人帶他穿過險境，走出嚴寒，有點像他幻想中的至親，有點像當年那位藥劑師，也有點像他從小到大默默渴望過的某種人。

「某種人」到底是哪一種人？他自己也說不清楚。大概就是能聽他聊聊未來，能與他能彼此信任的人。

伯里斯強行驅走回憶，穩定心神。再抬起頭時，他在空氣中看到了洛特的幻影。

骸骨大君——洛特巴爾德。這個人拯救他離開冰冷的湖水，帶他穿過嚴寒，在皇室舞會上邀請他跳舞，嬉皮笑臉地模仿浪漫小說，還說要永遠與他住在不歸山脈的高塔裡。

每當伯里斯想像出一個與洛特共處的畫面，這個畫面馬上就會被《編年史》與《頌歌集》吞噬。

洛特嘻笑的模樣倒映在泡沫裡。神術符文連成了荊棘，荊棘上長出骨色尖刺，泡沫被尖刺戳破，變成了被野火燃燒過的古老戰場。

長有黑色長角的半神望著遍地屍骨，在颶風中心無聲地哀鳴。

就像小時候一樣，法師抬起頭，瞇起眼，仔細地看著。然後，他腦中一片空白，驚恐得幾乎失去理智。

你是誰？

我跋涉至今，一路不停追逐著的……是誰？

再次醒來之前，伯里斯感覺自己正從高空墜落。

睡眠中的失重感很正常，這至少說明你是在睡覺，而不是昏迷了。他趕緊爬了起來，有些狼狽地收拾施法用具。

他又慚愧又後怕。慚愧的是，自己竟犯了很多老年人容易犯的錯誤——自大。剛才他認為自己的法術施展得完美無缺，判斷自己的健康並未受到影響，現在看來卻並非如此。

他的施法過程確實嚴謹，出現的不良症狀也算輕微，可是輕微歸輕微，它仍舊十分危險。剛才他失控大哭，並再次昏倒，他所經歷的這些異常感受，都是抽取術和古書賦予他的「驚喜」。

他後怕的是，如果症狀再嚴重一點，他的自制力再差一點，也許他真的要品嘗到智商永久降低的感受了。

這個想法讓他不禁笑了出來。以前他感覺到智商下降，一般都是在和洛特交談的時候。

洛特總是用奇妙的邏輯把他搞得智商降低，讓他感覺自己真的只有二十歲，正在和同齡的人鬥嘴，甚至打情罵俏……

想到洛特，伯里斯靜下心來，認真回憶，終於從獲取的資訊中找到了洛特沉睡的原因。

其中的原理簡單得不可思議，根本不需特意應對：洛特只是看書看得太累了。

身為半神，洛特一向可以通曉所有語言，想必高度壓縮資訊的神術符文也不在話下。人類要學神術符文，必須先破譯神術符文，還要把符文內容轉化成語言，而洛特只要翻開書就可以閱讀，隨便瀏覽就可以獲知內容。對他來說，讀《編年史》和《歌頌集》就像讀浪漫小說一樣容易，甚至可能比讀浪漫小說還容易，畢竟他自己也是作者之一。有些內容他看一眼就能想起來，根本不用細細分辨。

但是，這並不意味著書對他毫無影響。就像人類勞神費力後會很累一樣，他在短時間內獲取了那麼龐大的資訊，自然也會疲勞不堪。

除了洛特昏睡的原因，伯里斯還從書中看到了很多令他驚訝的東西，其中就包括洛特的三個造物。

擁有造物，是半神或次級神靠近真神的第一步。這無關造物的數量，一個也好，三個也好，更多也罷，成功造物就意味著有了成為真神的資格。

如果大君能找到黑湖，他可以很容易地繼承其中的力量。反正黑湖神域目前無人掌控，而且那裡是他的誕生之地。

然後事情就變得更加厲害了。位面割離後，無論真神還是魔鬼都再也不會出現，所以，等洛特從黑湖回來，他就是這個世界上唯一的真神。

而且不用擔心他回不來。都說神域只能進、不能出，但那是針對外域者而言。至於真神本人，在祂自己的神域裡，祂當然想做什麼都可以。

洛特忘記的東西雖然很多，但他肯定記得那三個造物。所以他一心尋找位面薄點，根本不擔心自己進去後出不來。

致施法者伯里斯閣下及家屬

想到那三個造物，伯里斯回憶起了席格費的模樣。暗紅色皮毛，渾身煉獄元素，比普通獅鷲大一圈，哭哭啼啼，和洛特非常熟稔。這讓伯里斯不禁再次質疑起自己的智商：我怎麼會那麼容易就相信洛特的解釋？他說席格費是在遠古戰爭中被創造出來的武器？誰會把武器創造得如此隨意？

書籍中還記載，大君的第一個造物叫做「奧吉麗婭」，是人類女孩的模樣。伯里斯想起了黑松提過的女孩，自稱死靈法師，不像人類，極為強大，有害怕被發現的祕密，難道那女孩就是奧吉麗婭？

至於第三個造物「奧傑塔」……伯里斯回憶了一下，至今他還沒見過類似銀龍的生物。這種外形也太顯眼了，一頭銀龍怎麼才能自然而然地出現在世界上？看來洛特真的很喜歡龍，他不但創造出了一頭龍，還喜歡把自己的力量塑造成類龍的輪廓。

關於洛特的力量，伯里斯又發現了一個問題。

囚禁洛特的人是他自己，而不是什麼三善神。事情發生的時候，三善神早就隨著位面割離而遠去了，那之後人間發生的一切都和祂們沒什麼關係。也就是說，亡者之沼是用大君的力量創造出來的。

詛咒解除時，整個半位面都被摧毀了，這麼一來，大君的那些力量也隨之徹底粉碎。

過去每百年的七天中，他會被奧吉麗婭的「錨」和席格費的力量暫時拉回來，那時他的力量還相對完整，但無法得到自由；現在他徹底得到自由，力量卻永遠消散，再也找不回來了。他的劣化問題將會永遠存在，而且永遠不會復原。

不過這也沒關係，反正他要尋找黑湖，他肯定會回去的。他會在黑湖得到新的力量，在這之前，他還是只能用嘴施法。

一邊想著那些沉重而陌生的事物，一邊想著必須長期用嘴施法的笑點，伯里斯頓時感到十分混亂、哭笑不得。

既難過又好笑的事還有一件——關於解除詛咒的方法。

詛咒並不是被公主的吻解除的。根據《頌歌集》的內容，解除詛咒依靠的是大君靈魂深處的記憶，那些連他自己都想不起來的記憶。

當年他未能及時控制亡骸軍團，導致某個人類聚落險些全部覆滅，於是他懷著悲痛與愧疚，用最後的力量囚禁了自己。而解除詛咒的關鍵，就是昔日那支血脈的示好與原諒。

大君需要的是讓人感覺到親密，讓人感覺到被原諒行為，這些是奧傑塔感知到並記載下來的。後世的記載者在抄錄和轉述時，種種資訊被理解為了一個吻。一個擁有白銀獅鷲血統後裔的吻，甚至是這支血脈中高貴公主的吻。這其實不難理解，一個觀點被多次轉述之後，通常都會變得面目全非。

白銀獅鷲民族是薩戈人的祖先，至今薩戈國旗上還畫著獅鷲圖騰。正因為知道這一點，伯里斯才會把艾絲緹帶去亡者之沼。當時艾絲緹先吻了大君的手，詛咒沒有立刻被解除，這多半是因為她出現得還不夠久，她的血統還未引起位面的共鳴，而不是因為她沒有親吻嘴唇。

這麼一想，當初伯里斯也可以把國王或親王帶過去。只要他們心甘情願地與骸骨大君做出一些親密而友好的行為，估計亡者之沼也一樣會崩潰瓦解。

大君是被吻釋放的，所以他現在只能用嘴施法。如果當初，是帕西亞陛下和他握手呢？他是不是必須靠觸摸施法？如果是蘭托親王擁抱了他呢？他是不是要用胸膛施法？

伯里斯琢磨著這些奇奇怪怪的假設，笑到手指發軟，但一想到在書中看見的歷史，他又突然心口鈍痛。忍笑的時候，他臉上的眼淚還沒擦乾，偷笑了一會兒之後，又會有淚水不受控制地滑落下來。

又哭又笑的感覺太可怕了，他感覺自己像個瘋子。

意識到這一點之後，他卻越發難過起來。我會因為那本書而情緒失控，洛特又會如何？我非自願地看到了人生中最恐懼的時刻，那洛特又會看到什麼？醒來之後的洛特……究竟會變成什麼樣子？

伯里斯一手提著工具袋，一手施法控制著屍體，腳步虛浮地走向遺跡出口。

他想快點回到塔裡。

即使回去了，他也無法掌控洛特身上可能出現的變化。法師都習慣在行事前做好充足的準備，但現在的他什麼也做不了，只能硬著頭皮回去等待。這種感覺真是糟透了。

昨天伯里斯挖掘屍體的時候，守墓人和騎士們已經被驚動了，他們肯定會加強墓園附近的巡邏，想把帶屍體回去就變得更加困難。

他思考著，也許可以再製造一次死靈襲擊，聲東擊西，借機重新埋好麗莎……不，不太好，這有點太刻意了，容易被發現與上次襲擊事件有關。或者他可以遠距離操控麗莎，讓她自己走回去，不管有沒有人看到她……這更不行了，她不是一般的屍體，她是奈勒的母親，生前還是黑湖牧師，萬一引起黑崖堡的重視就不好了。

伯里斯站在遺跡入口附近，思考了幾分鐘，最終拋棄了前兩個念頭，做出了一個比它們還不負責任的決定——他操縱麗莎，讓她回到遺跡裡，不把她送回墓地。反正根本沒人發現她不見了，想必她本人也不介意留在神殿遺跡。

伯里斯沒有耐心慢慢善後，一心只想趕緊回到塔裡。回去之後，他會發一封信給艾絲緹，把麗莎的下落告訴她，然後公主愛怎麼處理就怎麼處理吧，反正她能力足夠，腦子也很聰明。艾絲緹肯定會覺得自己又被導師坑了，就像當初導師忽然要她吻剛見面的詭異不死生物一樣，所以就當她是能者多勞吧。

致施法者伯里斯閣下及家屬

伯里斯自暴自棄地想：我都這麼一大把歲數了，就算我做出再任性的事也不奇怪，年輕人不能說我什麼。

利用預置的法陣，伯里斯很快回到了不歸山脈。森林裡的魔法波動十分穩定，目前看來一切正常。

其實他沒有離開多長時間，但卻有種自己走了很久的錯覺。彷彿世上已過數年，高塔應該變得破敗不堪，還被荊棘纏繞。

他還真是料事如神。

回到塔前，他發現塔真的被荊棘纏繞住了。

那些不是真的荊棘，而是被召喚出來的吸血藤集群。始作俑者黑松正坐在門口，瑟瑟發抖地試圖移除它們。

伯里斯氣得都忘記假裝學徒語氣了：「你打算幹什麼？」

黑松咬了咬嘴唇：「我……我不是失憶了嗎？但我還記得自己是法師，我就想試試能記起哪些法術……」

伯里斯比了個手勢，吸血藤立刻縮向地面，飛快地消失不見。他推門進塔：「你應該沒忘記太多法術，畢竟你連吸血藤集群都召喚出來了，不過你還是別亂試了，很危險的。這次是吸血藤，下次是不是要放個火焰毯，燒掉整座森林？」

黑松跟在後面嘟囔：「不會的，術士才放火燒山呢。」

你都失憶了居然還繼續歧視術士。伯里斯心中寬慰了一些，這說明黑松的本質沒變，失憶應該是可治癒的。

現在他還沒辦法幫助黑松。他滿腦子都想著洛特和古書，根本無法靜下心來。他暗下決心，如果明天洛特還不醒，他就先放下這件事，幫精靈好好做個檢查。

為了不讓黑松太無聊，也為了不讓黑松總是打擾他，他把黑松的許可權從「客人」調整到了「見習者」。這麼一來，黑松可以上到塔的中層，也可以自由出入不涉機密的書房。伯里斯教過的學生一旦徹底離開，每個人在塔內的許可權都會有不同程度的降低。

伯里斯換好室內衣袍，搭乘浮碟升到閣樓。

赫羅爾夫伯爵坐在走廊裡，像保鏢一樣守著閣樓的門，看到伯里斯，牠搖著尾巴轉了幾圈，一聲也沒叫。以前伯里斯對牠說過，塔裡的走廊可以隨便玩耍，但不許隨便進入房間；有人睡覺時不可以叫，也不要和貓追跑打鬧。

他摸了摸赫羅爾夫伯爵的頭。這隻狗太聽話了，簡直不像被洛特訓練出來的。

洛特仍然在沉睡。伯里斯找來一張浮空毯捲起洛特，讓他從解析法陣裡飄出來，移回了他的臥室。

移動完洛特，伯里斯把自己的辦公桌和一整面櫃子也移了過來。他打算把洛特的房間當成臨時書房，在洛特醒來之前，他要一直守在這裡。

致施法者

To Burris the Spellcaster and His Family Dependent

伯里斯閣下及家屬

Chapter 11

致施法者伯里斯閣下及家屬

不知道洛特需要睡多久。他睡多久都沒問題，伯里斯想。我等得起。

他把工作臺移到了洛特的臥室，還在房間周圍和內部加上了重重防禦。他不知道自己在防備什麼，但他必須做一些準備。他怕洛特一醒來就會出事。

昏睡不算什麼，那些久遠的記憶與經歷才是最可怕的。

骸骨大君遺忘了不少東西，現在它們全都回來了。這會對他造成巨大的負擔，甚至讓他陷入混亂，或者徹底改變。

正常情況下，新的記憶會取代舊的，只有持續發生、持續存在的事物才能被持續記住。再刻骨銘心的經歷也可能會被歲月抹去，只要時間足夠長久，長到突破生命體精神的極限，沒有什麼回憶是不可取代的。

甚至，有時候生物會故意驅逐痛苦的記憶，讓它們消失得越快越好。伯里斯不知道洛特是屬於此類，還是屬於自然遺忘。

關於長壽種族的記憶問題，伯里斯研究過三個非常典型的案例：一個是與森林同壽的古樹靈，一個是大約兩千歲的年邁黑龍，還有一個是年齡不可考的古代巫妖。

巫妖很早以前就死了，他現在只存在於研究資料裡；黑龍行蹤不明，最後一次出現是在東邊的某個海島上；古樹靈被保護在精靈國度的樹海深處，普通人類或年輕精靈基本不知道她的存在。

樹靈的靈魂永不磨損，龍只會不斷成長，不會衰老[1]，而巫妖則是高等不死生物，身心都不會再有變化。除了活得長以外，這三個生物還有一個相似之處：他們的記憶力都相當好，好到能把幾千年前的事情記得清清楚楚。

在各種關於他們的研究報告中，都不免要提到一個問題──他們的生命越長，行為就越難被普通人理解。

比如古樹靈，她能發出聲音，但從不說話，她一直處於清醒但不能認知事物的狀態中，現在精靈們根本無法與其溝通。在樹海最最古老的記載中，她曾經可以與精靈一起交談甚至歌唱。

還有那隻年邁的黑龍。在年代久遠的傳說裡，牠強大又睿智，甚至稱得上狡猾；在幾百年前的古人類冒險日記中，牠被形容得十分凶暴，野心勃勃，還喜怒無常；近一百年內也有人遇過黑龍，目擊者卻說它並不聰明，也不凶暴，牠的行為根本沒有邏輯，甚至有點神經兮兮。有人懷疑這些目擊者遇到的並不是同一隻龍，但符合特徵的年邁黑龍只有那麼一頭。

至於巫妖，據說他生前是個十分蒼老的精靈，轉化為巫妖後，又活了不知多少年。

1　龍只會不斷長大，不會衰老。這種說法一方面是來自某些爬蟲類動物，據說牠們終生都在生長，只是成熟後速度會漸漸慢下來而已。另一個方面，被表述為有靈性的魔法生物「真龍」，在各種傳說中都是越老越強大，不像普通動物一樣變老就衰弱了。《龍與地下城》（DND3R）的怪物圖鑑中也是這樣形容真龍。不過《龍槍系列》裡的龍卻有過於年邁打不過年輕龍的情況，所以這個說法應該是看具體設定吧。幸好這篇裡不會提到太多龍，否則還要思考牠們是怎麼死的這個問題。曾經有朋友吐槽說：難道龍都是猝死的嗎？

致施法者伯里斯閣下及家屬

被消滅之前的那幾年裡，巫妖被形容為「長期精神錯亂」，作為傳奇施法者，他卻連法術實驗都無法完成，還經常做出恐怖而毫無理由的事情。巫妖是不死生物，不會患病，不會年老失智，他的失常只可能是精神上的原因。

他們活得太久，記住的事情太多，歲月和沉重的記憶一點一點蠶食著他們，他們的靈魂無法自我修復，心靈千瘡百孔。說「行為很難被理解」實在太客氣了，說得通俗一點，他們根本已經瘋了。

那麼，骸骨大君存在了多久呢？

書中描述他被黑湖守衛丟出神域，從那時起他就已經有了自我意識。那是多少年前的事情？是不是久遠到凡人無法估量？

伯里斯坐在書桌旁，滿腦子都是憂慮。想在這裡辦公根本不可能，他什麼書都看不下去，一個字都寫不出來。

沒過多久，他焦慮得連坐都坐不住了。他在洛特的房間裡走來走去，好像這樣就能想出應對辦法似的。

這麼一想，他好像還沒仔細看過洛特的房間。第一是因為洛特太喜歡搞小黑屋談心，伯里斯下意識地就想避開他的臥室；第二是因為洛特的審美實在太過「絢爛璀璨」，伯里斯從他門口路過，往裡面看一眼，就會有種血壓上升、胸悶氣短、眼睛病變的錯覺。

今天站在這間臥室裡，伯里斯並沒有覺得太難受。不就是貼滿亮片的床幔嗎？不就是金色的窗簾嗎？不就是牆上五顏六色的假劍、假盔甲、假動物、假水晶箭簇嗎？這些也沒什麼不好，就是審美差異而已。

只有快樂的人才會這樣裝飾臥室。站在這種房間裡，就算陳設再難看，你也只會笑，不會難過。

伯里斯走到書架前。架上排著滿滿的書，乍看之下還挺有學者風格。但這些全都是故事書，有冒險傳奇，有浪漫愛情，還有不少驚悚獵奇小說。伯里斯不明白洛特怎麼看得下去驚悚小說，他自己就比這些書驚悚多了。

洛特被囚禁時也喜歡看書，他會在七日放風中找點自己喜歡的東西帶回去，只可惜，帶進亡者之沼的東西都存放不了多久，煙霧塔裡連一本書都無法保存，龍骨下的御座連一張絨毯也無法久鋪。現在臥室裡這些擺設和書，都是洛特住進高塔之後買的。

原來他買了這麼多書？他都看完了嗎？伯里斯震驚於他讀書的速度，簡直比學徒看初等圖鑑還快。

伯里斯隨便抽出幾本書翻了翻，馬上就明白為什麼洛特看書這麼快了。這些書的用語十分直白，讀起來完全不需要用動腦。

比如現在他手上的這本。

馬克抬起她的下巴，「從我第一眼看到妳，我就深深地愛上妳了。」他激動地看

著眼前這個美豔無雙的女人，眼中燃起了欲望的火焰，於是他……

伯里斯「砰」地合上了書。後面的內容太過寡廉鮮恥，幼童與老人皆不宜閱讀。幼童容易學壞，老人容易心肌梗塞。

但他不是幼童，也不能算是老人，即使他看了這種書也不會有什麼危害……於是他又抽出了另一本。

書不厚，伯里斯跳著頁瀏覽了一下。這本書講的是精靈與人類的跨種族戀愛，一位俊美富有且沉默寡言精靈王子愛上了平凡的人類女孩，他霸道地把她帶回森林中的華麗宮殿，兩人經歷了一些邏輯詭異的誤解，最後終於成功地上了床。書中充滿了不切實際的幻想，顯然是從來沒有接觸過精靈的人寫的。伯里斯望向沉睡的洛特，不明白為什麼他會喜歡這種東西。

緊靠著這本書的是一本黑色封面的精裝書，它裝幀低調，質感不錯，看起來很像是正經的讀物。

伯里斯翻開它，映入眼簾的第一句話卻令他大吃一驚。這書……這書簡直是一本邪典！書中每一頁都充斥著露骨的名詞，每一章都在描寫兩個小伙子進行性交。對，書中的主角不再是絕美的少女，而是兩個男性。伯里斯以前也聽說過這類題材，但他一直誤解了讀物的內容，還以為是寫來論證同性感情的合理性什麼的。

他迅速把書合上，隨手換了另一本。這些讀物的內容大同小異，基本都是一些虛幻的完美戀愛。想到這裡，伯里斯突然有點理解它們的優點了。

它們不含高深的知識，也缺乏新奇的觀點，它們只是孜孜不倦地幻想著「愛」。濃烈的、完美的、世間難覓的、永不消逝的愛。

在無盡的孤獨裡，什麼東西更能撫慰心靈？那肯定不是藥學原理或者星象知識。當然，求知欲也能讓人不怕孤獨，但求知欲只屬於那些能為自己規劃未來的人。

而那些看不見未來的人，也許他們更想要溫暖，更想要舒適的時光，更想要美好的夢境，他們更想要愛。

伯里斯把書塞回去的時候，床鋪上傳來了細小的摩擦聲。大概是洛特在翻身，他正處於睡眠狀態，不是休克，所以當然會翻動身體。

書本被「刷」地一聲塞回空隙的時候，伯里斯身後也傳來了「刷」的一聲，聽起來像是雙足踏在厚地毯上的聲音。

伯里斯全身緊繃起來，沒有立刻回頭。他不明白自己為什麼不回頭，這是他的塔，他的地盤，身後的人也是他認識的人，而不是石化女妖。

床幔也開始窸窣作響，柔軟的地毯讓腳步聲十分輕微。伯里斯在心裡快速而凶狠地嘲笑了自己一番，然後果斷轉過身。

骸骨大君醒了。他站在床邊，頭上的彎角纏在床幔上。

現在他變回了原本的形態——骷髏狀的頭顱，惡魔般的長角，全身覆有黑色鱗片，鱗片還帶著紅色偏光。他的原形比人類形態高大強壯，身上纖薄的絲綢居家服已經被撐裂了。他努力掙脫床幔的糾纏，半垂著頭，眼中的幽火對著腳下，似乎處於一種迷茫的狀態中。

伯里斯站在原地沒動。他忍不住想，如果我在二十歲時清晰地看到這張臉，我肯定已經嚇跑了。不，那時我根本跑不動，那麼我有可能會被嚇暈。

年老之後的他就不一樣了。當他帶著公主、帶著魔像軍隊走入半位面時，他心中只有喜悅與期待，完全沒有一絲恐懼。

現在他又老又年輕，所以他心中五味雜陳，說不出是喜是憂。洛特醒了，還變回了原本形態，這樣正常嗎？他是故意的嗎？還是連他自己也無法控制？

洛特不出聲，伯里斯也沒開口。兩人默默地站了許久之後，伯里斯忍不住猜想：難道，洛特在低頭看鞋子嗎？現在他的腳比較大，形態介於人類的腳掌與獸爪之間，難道他是在思考該怎麼穿鞋嗎？

這個想法令伯里斯不寒而慄。他怕洛特會變回遠古時的半神，怕他因為過度刺激而失去後來形成的人格。

尷尬緊繃的幾分鐘過去之後，骸骨大君終於有了動作。他沉默著，慢慢走近書架，低下頭，居高臨下地看著法師。

天色漸晚，牆上的冷焰燈自動亮了起來。骸骨大君的身體完全擋住了光線，伯里斯整個人都被籠罩在影子裡。

大君的臉上沒有「表情」可言，唯一會變化的只有漆黑眼眶中的火苗，現在火苗非常平穩，伯里斯無法從中判斷情緒。

伯里斯想試著觸碰洛特，他剛伸出手，手腕就被牢牢抓住了。骸骨大君的喉嚨裡滾動著一種乾澀的聲音，就像久未開口的人在重新學習發音，他試了好久，終於說出了第一句話：「我沒有……」

伯里斯看著他，等待下文。他緩慢而清晰地說：「我沒有去森林。」

伯里斯愣了一下才明白他的意思。伯里斯去冬青村的那天，洛特說要帶赫羅爾夫伯爵去森林裡練習狩獵，但他沒去，他跑回塔裡偷看書了。

在法師思考著該如何回應時，骸骨大君抬起頭，視線轉向書架。他微微移動著腦袋，眼眶裡的火苗來回抖動，像是在尋找什麼。

「是我的書，」他有些恍惚，「我想想……」

伯里斯心口發沉。洛特的語氣並不正常，他聲調呆板，語句散亂，而且完全不囉嗦。

骸骨大君又低下頭，放開伯里斯的手，後退幾步，轉過身，好像打算走出房間。

伯里斯心裡暗叫不好，如果他就這麼跑下塔，有可能會把黑松嚇得再次失憶。

伯里斯追了上去，還沒來得及說些什麼，洛特又突然停下腳步。他回過身，嘆息著，伸出強壯的手臂，溫柔地把法師環抱起來。

伯里斯的臉被壓在他堅硬的胸膛上，幾乎正對著心臟的位置。大君身上的溫度和以前一樣，只是胸膛變得有些堅硬，簡直像龍皮甲的質感。

怎麼辦？伯里斯心裡一直盤旋著「怎麼辦」這三個字，完全無暇思考這個擁抱到底是何意義。

詭異的沉默繼續在房間裡氤氳。直到夜風漸強，吹開沒有鎖住的窗戶，金色的繡珠窗簾隨之搖曳閃爍起來。

骸骨大君仍然摟著法師，以一種近乎痴呆的語氣說：「我想去火龍峪……」

伯里斯在他懷裡艱難地抬起頭。火龍峪，這個地名有點陌生，伯里斯從來沒去過。他還沒做出反應時，大君又喃喃著說：「明天吧……」說完，他放開手臂，但仍然低頭盯著伯里斯，好像看不夠似的。

「明天您想去火龍峪？」伯里斯幫他總結。

大君點點頭。伯里斯皺了皺眉，說：「您要去，我現在就可以帶您去。」

他走到書桌前，指尖拂過鑲嵌在墨水瓶架上的水晶。屋裡的照明冷焰全都暗了下來，水晶發出耀眼的光芒，在天花板上映出一張完整的大陸地圖，可以隨著他的手勢移動縮放。

「您要去哪裡？指給我看。」伯里斯指了指地圖。

伯里斯突然想起了一種說法：小動物出生後的前兩三個月是牠們的成長關鍵期，這時牠們會學習狩獵，學習社交，開始熟悉最基礎的生存能力，飼育者要好好利用這個時期，及時有效地對小動物進行訓練和引導，這樣才能培養出膽大開朗、個性穩定、無攻擊性的動物。

這個說法不一定準確，骸骨大君也不是小動物，而且他又不止兩三個月大。但伯里斯覺得，現在就是所謂的關鍵時期，他必須陪著他，任何情況下都必須陪著他。

洛特愣了半天，說了一句：「算了。」

「不能算了。」伯里斯站到他面前，「我有很多預置傳送陣，可以通往各國各地。就算您想去一些偏僻的地方，只要給我具體資訊，我也可以立刻施法，布置一個新的傳送陣。您說火龍峪是嗎？我看看……找到了，不算太遠，在薩戈東境與圖萊自由城邦的交界處，我只去過那一帶的平原城市，沒去過山區，難怪對那個地名沒什麼印象。」

洛特有些遲緩地說：「我自己去……」

「不行，我……」伯里斯本想說「我帶您去」，話到嘴邊，他靈機一動換了一個說法，「我也想去。」

骸骨大君眼中的火苗快速地抖動了一下，而後又漸漸平息下來。他安安靜靜地站在一邊，看著伯里斯打開抽屜，拿出一堆零碎的東西，參照著地圖開始施法。

伯里斯掀開了地毯一角，在木質地板上畫出法陣。他邊畫邊說：「保險起見，我們先傳送到附近座標比較清晰的地方，然後再尋找目的地。」

「好。」洛特打開衣櫥，披上斗篷。看來他還知道不能穿著破爛的居家服裝出門。

傳送陣完成之後，伯里斯拉住洛特的手，帶他走進法陣。現在洛特的手上布滿黑色鱗片，形狀大而猙獰，伯里斯只能握住他的兩根手指。洛特不滿地歪了歪頭，巧妙地翻轉手腕，改為用手掌包覆住法師的手。

時空扭曲帶來的短暫顛簸過後，他們手牽手站在了高山臺地上。今夜的不歸山脈月明星稀，但王國東部卻烏雲密布、陰風呼嘯，大概正醞釀著一場暴雨。

伯里斯點亮光球，讓它飛在半空中，光芒灑在兩人身上，形成錐形的暖色區域。骸骨大君慢慢走向斷崖邊，說出了睡醒之後最長的一句話：「這裡離火龍峪還很遠……要是以前，我一瞬間就飛過去了。」

現在的他只能懸停飄浮，伯里斯對那蚊子覓食般的飛行速度印象深刻。

「我有辦法。」法師從腰包裡抽出一條細繩，繩子在他手中伸展開好幾倍的長度，然後以一端為圓心開始旋轉，圍繞成一張圓形浮空毯。浮空毯穩定而舒適，比飛行術省力，比馬匹的速度更快。由伯里斯來操控飛行方向和速度，而大君則負責指路。

毯外有一層力場罩，原本只是用來遮罩強風，但飛出數里之後，力場罩就變得相當重要了。烏雲越來越低，天空中開始電閃雷鳴，沒過多久，橫飛的雨幕連接起天地，讓原本就昏暗的視野變得更加模糊。

由於看不清楚方向，伯里斯只能讓浮空毯緩緩下降，停在一處山崖旁。暴雨飄潑而下，沖刷著圓形的透明力場罩，光球仍在高處發亮，將小瀑布般的水流映照成半透明的白金色。

骸骨大君指著四周：「伯里斯，你看，真好玩。」

伯里斯渾身一顫：「您……還認得我？」

大君望向他：「我怎麼會不認得你？」

這時伯里斯才驚喜地意識到，洛特說話的速度變快了，語氣也變回來了。他剛想鬆一口氣，卻又覺得說話語氣不等於心理狀態，目前還不能掉以輕心。

「現在您感覺如何？」他問。

骸骨大君轉頭看著雨幕：「我……想去火龍峪。」

伯里斯揉了揉眉心，洛特果然還是有點不正常。但是，到底什麼標準才算正常？也許，過去那個嬉皮笑臉的骸骨大君才是不正常，而現在的洛特才是完整的。

這個想法讓伯里斯十分難過。他心裡暗暗埋怨著：我好不容易才找到你，你卻自作主張又回到從前，回到那個我無法觸及的時代。

這時，洛特伸手攬住了法師的肩膀，將他摟向自己。伯里斯僵了一下，下意識想掙開，現在骸骨大君的身體硬邦邦的，像覆蓋著鱗片的黑曜石一樣，他一點都不想靠上去。但他突然想起了在昆緹利亞的時候，他們在精靈海防軍的院子裡，他把自己變回了八十四歲的狀態，滿臉皺紋，皮膚乾癟，牙齒在萎縮的牙床上搖搖欲墜，荒涼的頭頂被花蔭染出點點光斑，洛特卻一如既往不顧羞恥地吻他，還說了一堆肉麻兮兮的話。

回憶起這些，伯里斯臉上有些發熱。他嘆了口氣，默默靠在骸骨大君懷裡。

洛特也在唉聲嘆氣，說話仍然顛三倒四：「唉，怎麼辦，我想去火龍峪。伯里斯，那天我沒去森林，沒帶赫羅爾夫伯爵去……你已經知道了，是吧？呃……我記得，那裡是叫火龍峪……」

伯里斯心不在焉地說：「這麼多年，地名竟然一直沒改。」

外面的雨變小了一些，洛特說話的聲音也跟著變小了：「我去過那裡，我必須告訴你……不對，我的意思是，以前我沒有告訴你，現在也不知道……不對。總之太多了，首先，我沒去森林，然後我看完了，我想說什麼，不對，太多了……」

他說話十分費勁，伯里斯忍不住幫他整理了一遍：「您想告訴我很多事情，它們太多、太久遠、太複雜，您一時說不出來。」

骸骨大君用力點點頭。伯里斯又說：「剛才我一時沒想起來，現在一想，火龍峪是那個您很喜歡的山谷嗎？被火龍炸出一道缺口的那個。」

洛特下意識地點點頭，然後身體突然僵硬：「你知道……我知道的事了。」

「是的，」伯里斯毫無障礙地理解了他的話，「我挖出了麗莎的屍體，借助她的記憶，我也看完了那本書。」

「你也知道，我後來，我沒有，不是被三善神……」

「我知道。那時候位面割離已經完成，真神早已離開。」

「還有，這個很重要。我不想說，從前不想，我怕你知道。奧吉麗婭和席格費是……」

「我知道他們是什麼。」伯里斯抬起頭看著大君，「好了，好了，先別著急。我明白您現在的感覺，書的內容灌進我的大腦之後，我也差點發瘋。別著急，沒關係，我身為凡人都能慢慢恢復，您肯定會恢復得更快。」

這些話只是口頭上的安慰，其實伯里斯也不清楚洛特能恢復得更快還是更慢，他甚至不能確定他是否能恢復。

伯里斯雖為凡人，但他只是旁觀者，他天然立於混亂之外，相對比較容易找回自我；骸骨大君雖為半神，卻是整本《頌歌集》的親歷者，那些記述不僅是他眼前的河川，更是他體內的血流。

洛特眼中的火苗變暗了一些。他摟著伯里斯，靜靜地看著護罩外的暴雨，用覆有黑鱗的粗糙手掌慢慢撫摸法師的頭髮。

有時他會嘀咕一句，有點像是無意識的夢話，伯里斯聽不清楚，但也不問他。

過了一會兒，他深呼吸著說：「這樣舒服多了。好像從前……」

「從前？」伯里斯問。

「和你在霧淞林裡的時候。」洛特的聲音平穩下來，「伯里斯，我沒去森林。」

「我已經知道了。」

「然後，你是不是特別擔心？」

不問還好，他這樣一問，伯里斯反而心生怨恨：「我很後悔幫您找那本書。沒事找事，弄巧成拙，耽誤我的研究。」

大君笑了起來。在這個外形之下，他的聲音與平時稍有區別，他的喉嚨深處有悶雷翻騰般的摩擦聲，這讓他的笑聲顯得十分邪惡，與他此時的外形非常相配。

想到這些，伯里斯低頭偷笑了起來。邪惡的神祕生物與死靈法師在暴風雨裡摟摟抱抱，簡直太可笑了，洛特書架上的那些書都不敢這麼寫。

致施法者
To Burris the Spellcaster and His Family Dependent
伯里斯閣下及家屬

Chapter 12

致施法者伯里斯閣下及家屬

暴雨過後，濃雲消散，一彎新月高高掛在夜空正中。

伯里斯把手貼在力場罩上，念出咒語，沾染在罩子上的雨水瞬間被清理乾淨。

洛特突然說：「小法師，你怎麼對我這麼好？」

「又不是很麻煩……」伯里斯低著頭。

「你剛才不是這麼說的，你剛才說我耽誤了你的研究。你寧可耽誤研究也要陪我，你為什麼對我這麼好？」

聽著這些，伯里斯又放心了不少。洛特的語言和思維正在恢復，他越來越像那個不怎麼要臉的他了。

伯里斯不打算回答問題。他在這方面笨口拙舌，不回答還能幫自己留一點面子。其實這個問題對他來說並不陌生，他也曾經在心裡默默問過洛特同樣的問題：你為什麼對我這麼好？

為什麼要在希瓦河畔救一個前途未卜的學徒？為什麼要在寒冷的北方森林一路保護我？為什麼要送我到珊德尼亞？為什麼要把那麼珍貴的七天浪費在一個平凡無奇的人類身上？如果你只是想找個法師幫忙，你為什麼不去找一些有名的法師，讓他們想辦法幫你解除詛咒？

當年，他很快就把這些疑問拋到腦後了，年輕的伯里斯不想浪費精力和時間，只想一心投入到嚮往已久的知識與未來中。

他想著，只要能實現承諾，找到亡者之沼，再見到骸骨大君並解除他的詛咒，到時候，如果我還對那些問題感到好奇，我還機會問清楚。

回想起這些，伯里斯滿心感慨，人真是不能不服老，年輕學徒雖然沒什麼本事，心性卻足夠銳利；而年老的法師再怎麼經驗豐富，終究也是鋒芒不再了。與洛特重逢後，他根本不敢問他「為什麼對我好」，他連身為年長者的臉面都無法放下。

今天洛特竟然把這些話先問了出來。伯里斯在心裡回答：好像沒有什麼特別的原因，我就是想這麼做。

想到這裡，他突然因為自己的回答而恍然大悟：如果我真的把那些問題問出口，洛特的回答大概也是如此吧。

浮空毯重新攀升，向著洛特所指的方向前進。下方平原上蜿蜒著一條河流，河的兩岸散布著不少村落，洛特記得這裡沒有河流，還以為是自己記錯方向，經過伯里斯提醒，他才明白這是一條後來人工開鑿的運河。

地面上的房屋越來越密集，漸漸形成了中等規模的聚落。這地方名叫「銀龍堡」，是薩戈東境最大的城市，現在夜色已深，城市裡竟然還亮著不少燈火，這裡大概正在舉辦集市慶典。

伯里斯指著火光解釋，寬闊街道上的暖色光芒是明火掛燈，遠處尖頂神殿和高塔圖書館裡的都是魔法火焰。普通百姓更喜歡明火，因為魔法火焰只能照明，不能取暖和烹飪，而且現在魔法火焰的使用成本仍然比明火高出許多；官邸、倉庫、軍營則更適合用魔法火焰，它不能點燃物品，不會受到風和水的影響，非常適合在重要城市設施內使用。

「你怎麼知道哪邊用的是什麼火？」洛特整個人趴在浮空毯上，頭在毯子外懸著，像一隻剛上岸的海鬣蜥。

伯里斯說：「我參與規劃過銀龍堡的城市照明。」

「這些燈，」洛特伸出手臂在空氣中比劃著，「都是你點起來的？」

「怎麼可能都是我點的，是我的魔法器具工廠接下銀龍堡的訂單，工廠裡的造物法師們進行具體的設計。」

燈火逐漸遠去，洛特感嘆道：「你有工廠，還設計了城市的照明，你幾乎不像死靈法師了。」

伯里斯笑問：「大人，那您覺得什麼樣的人才是死靈法師？」

「就是……用死靈系法術的法師。」

「我也涉獵其他學科。」伯里斯說，「比如咒術、元素，比如異界學。不過我也明白，只要我曾經是死靈法師，在人們眼中我就永遠都是死靈法師。」

洛特問：「當死靈法師很丟人嗎？」

「其實並不丟人。但目前的現實，有些人就是覺得這非常丟人。所以公主不能讓外人知道她修習死靈學，而且死靈學的老師是教學法師中人數最少的。對了，不瞞您說，我從年輕時就有一個願望……」

洛特問：「讓死靈學興旺發達？」

看來洛特「特別愛插話」的特徵也恢復了，伯里斯甚是欣慰。

「不是的。」法師說，「死靈學的應用範圍不廣，註定不可能太過興盛。就目前來說，元素學和藥劑學的價值最大，而比起死靈學，異界學的用處則是更少。但不論如何，死靈學與異界學都是奧術的一部分，只要有人一直深入研究下去，不論是哪一門學派，將來都有可能煥發出我無法想像的光彩。我年輕時的願望是……」

說到這，伯里斯頓了頓，似乎有些不好意思：「我希望世人能夠忘記伊里爾，只記住我。我希望以後的年輕人提起『死靈法師』時只會想起我，而不是伊里爾和冰原白塔。將來有一天，死靈學者們都不用再心存顧慮，即使選擇了大多數人不喜歡的學派，他們也只需要擔心知識是否複雜、法術是否精準，或許也會擔心一下研究經費夠不夠，實驗的風險大不大，而不是再擔心名譽，甚至人身安全。」

洛特想了想：「你已經做到這些了。你這麼有錢，還是奧法聯合會的什麼領導者，還有好多學生……」

伯里斯輕輕搖頭：「我能受人尊重，也許我的學生也能沾光，但更多的死靈法師卻不行。人們對死靈法師的最高評價是『雖然你是死靈法師，但你很善良』，或者『即

致施法者伯里斯閣下及家屬

使你是死靈法師，我們還是願意相信你』。然而，這些並不是什麼好話。」

洛特仔細感受了一下，點了點頭：「我有點懂了。伯里斯，你再說點什麼吧。」

「說什麼？」

「說說你的想法啊、經歷啊……或者抱怨也行。」洛特的語氣幾乎有點像在撒嬌，「反正我想聽你的事，想聽你說。」

伯里斯望著星空思考了一會兒，說：「大人，我跟您說個祕密吧。這些話我從未對別人說過，哪怕對學生，我也不曾如此坦白。因為，如果我告訴別人，他們肯定會覺得我在故作清高。」

聽到「祕密」這個詞，洛特立刻興奮了起來。他從海鬣蜥姿勢翻身坐起，期待地看著法師。

伯里斯說：「不知道您還記不記得，有一次您說我太過溫吞，還說像我這樣的施法者應該更加野心勃勃才對，然後我告訴您，我的野心正在一步步實現，而且十分順利。」

其實洛特不記得了，但他還是說：「嗯，我記得。」

「您能猜到我的野心是什麼嗎？」

洛特想了想剛才關於死靈法師的話題，說：「我猜到了。」

伯里斯說：「那個野心聽起來十分羞恥，也很不容易猜。」

「我真的猜到了。」洛特說，「千年以來，我也認識過不少法師。他們之中有些人只醉心於研究，對外界毫不關心；也有些人只為追求很微小的目標，追求到之後便不求上進；還有些人目標宏大，希望有朝一日能用魔法得到整個世界什麼的。而你的野心，卻與他們完全相反。」

「相反是指？」

「你不想用魔法得到整個世界。」洛特說，「你想讓整個世界都得到魔法。」

法師笑著點點頭，洛特也跟著笑了起來。他猜對了。他突然覺得，此時的伯里斯和過去有點不一樣。現在伯里斯比以前更像二十歲了，他的眼睛裡正閃著屬於年輕人的光芒。

「這比用魔法得到全世界更加困難。」洛特說。

伯里斯聳聳肩：「我也知道不切實際，而且聽起來特別虛假，有一股冠冕堂皇的味道。說真的，我這輩子是不可能做到的，我是說現在從二十歲開始的這輩子。即使我變年輕了，也很難做到。反正，人人都會有幾個不切實際的願望。」

「會實現的。」洛特情不自禁地傻笑，心中溢滿著一種迷之驕傲感，「你看，我離開之後，別人幫我把《頌歌集》寫完了。還有薩戈人，我本以為他們會消失在歷史之中，結果現在他們是十國邦聯裡最強大的國家。你別一臉擔憂地看著我，我沒有偏離話題，我只是想說，你的野心一點也不虛假，它會實現的。」

致施法者伯里斯閣下及家屬

伯里斯欣然接受了這份鼓勵：「承您吉言。目標高遠並不是壞事，我會盡力而為。」

「你真謙虛。」洛特說，「難道你沒發現嗎？你從小到大的夢想全部都實現了，比如清理手掌蟒，到南方定居，擁有自己的法師塔，塔裡有圖書館，臥室裡有特別大的玻璃窗，還有找到亡者之沼，找到我。你全都做到了。」

說完這句話，洛特突然變回人類的外表。他整個人比剛才矮了不少，厚重的外出斗篷落回肩上，發出「噗」的一聲。

他把手舉到眼前仔細看了一會兒，這才意識到自己之前變成了曾經的樣子。

伯里斯探究地打量著他，他也回望法師：「伯里斯，世上有那麼多法師。每個時代、每個國家都有好多好多法師，我怎麼就偏偏遇到你了呢？」

伯里斯低下頭微笑，「世上只有一個您，也只有一個我。」

他的話音剛落，洛特便一把將他摟進懷裡，迫不及待地用力吻他。

以前，伯里斯總會因此渾身僵硬、屏息皺眉，他不像在被人親吻，更像是等著被牙醫摧殘。今天的他卻放鬆許多，他主動伸出手，小心地、試探地、輕輕地摟住了洛特的肩膀。

也許是因為抽取術的後遺症。這種法術會讓人精神脆弱、滿心焦慮，並急於被安撫。

也許是因為洛特的言行舉止變正常了。看到他沒有被困在遙遠的過去，伯里斯喜出望外，心情十分放鬆。

也許是因為他們身在荒野之中，坐在飛毯上，觀賞過暴雨，沐浴著月光，寂靜而陌生的環境會改變人的習慣，讓人一不注意就拋下了羞恥心。

也或許是因為剛才的談話太奇妙了。肆意暢想，漫無目的，只需要抒發鬱於胸口的情緒，不用管發言是否符合身分。不像分析法術那樣嚴謹，不像授課那樣細緻，也不像商談生意那樣講究措辭，對別人來說，剛才伯里斯的話語還是太過拘謹，但對他自己而言，這幾乎是他幾十年來聊得最舒服的一次。

也許……也許什麼原因都沒有。比如洛特書櫃裡那些書，主角們莫名其妙就互相傾慕，氣氛對了就擁抱接吻，彷彿其中沒有什麼特別的原因，也沒有什麼高深的道理。

浮空毯繼續在夜風中飄浮。離開向南彎曲的運河，翻過一座植被茂密的高山，火龍峪終於出現了。

遠古火龍在山脈上留下巨創，而今這道疤痕上已長出了鬱鬱蔥蔥的森林。

夜風穿過嶺隘，樹木沙沙作響，月亮嵌在高峽之間，谷底灌木中螢火游弋。浮空毯上的半神與法師終於稍稍分開，安靜地看著山巒與群星。

伯里斯降低飛毯高度，撤掉力場罩，讓夾雜著林木氣息的夜風拂過肩頭。洛特突然問他：「我們算不算是正式在一起了？」

「您還是別問我了。」伯里斯說，「順其自然就好。您一問我，我反而覺得特別詭異……」

洛特想了想：「行，我懂了。那現在我們——」

他從後面圈著伯里斯的腰，下巴放在伯里斯肩上，故意在法師耳邊說話。伯里斯渾身一凜，腦中頓時浮現出洛特房裡大量的低俗書刊，之前讀到的片段在他眼前翩躚起舞，像惡魔一樣蠶食著他的冷靜。

洛特說：「我們是不是應該舉辦儀式什麼的？」

「什麼儀式？」

「類似婚禮。」洛特眼睛裡閃著光，「人類不都喜歡這樣嗎？我也知道，性別相同的人就算私下在一起了，也不能公開舉辦婚禮。但我還是希望能舉辦一個儀式，哪怕是很小的私人聚會也好，不用宴請客人也可以，我要提前訂做一身新的禮服，你也要，你不能穿著法師袍和我宣誓。總之，要有儀式才能體現出承諾的重要。」

伯里斯目光複雜地看著他：「您是從少女讀物裡學到這些的嗎？」

洛特誠實地回答：「是。」

對伯里斯來說，這個要求並不過分，但卻十分尷尬。東南國家的絕大多數老年人都和他差不多：願意和別人好好生活，卻羞於開口討論情感；可以細緻地照顧某個人一輩子，卻不好意思在集市上拉著對方的手。

正當他恍惚之時，一道刺耳的警報聲響了起來。

洛特也聽見了，警報是伯里斯的戒指發出來的，聲音不大，但十分尖銳。伯里斯捏住戒指，從上面「勾」出一條奧術符文。

「我們必須回去了，大人。」閱讀符文後，法師皺起眉頭，「有人強闖高塔的涉密區域，還關停了數個防衛魔像。」

洛特沉重一嘆，感慨道：「小說果然都源於生活。在冒險小說裡，主角一旦開始談論婚嫁就會捲入突發事件。」

深夜，親王的長子諾拉德正在閱讀文書。一名侍女腳步輕盈地出現在門前，剛要開口，諾拉德便有些緊張抬起頭：「妳怎麼來了？難道是……」

侍女欠了欠身：「是的，殿下。客人醒了。您交代過，如果他醒了，要立刻通知您。」

諾拉德立刻起身，跟著侍女穿過一道道門廊。路上他不停詢問「客人」近來的情況，侍女低聲一一回答，諾拉德聽得臉色漲紅，目光發亮，「砰砰」的心跳聲幾乎要掩蓋住侍女的聲音。

他們在結構複雜的大宅裡彎彎繞繞，來到一條幽深的通道裡，通道盡頭的雙開門前站著兩列衛兵，其中還包括一名本地的軍隊法師。衛兵們對諾拉德無聲地行禮，為其將房門打開。

諾拉德叮囑衛兵，等會兒無論聽到什麼動靜都不許進屋。說完，他迫不及待地衝進去，直直闖進裡面的套間。

他停在垂著暗紅色帳幔的四柱大床前，整理了一下儀容，平復了一下呼吸，面帶微笑地走上前去，慢慢掀開床幔。

紅髮美人半闔著眼睛，躺在羽絨墊子和絲綢製品之中，一頭長髮鋪在香檳色的枕頭上，猶如柔美絢爛的朝霞，纖細的手腕放在羽絨被外，瘦弱堅硬的線條陷進柔軟的布料中，讓人看得心裡又酸又甜。

「你終於還是回來了。」諾拉德坐在床邊。

術士羅賽·格林虛弱地睜開眼睛：「怎麼是你？我要見蘭托親王……」

諾拉德掬起他一縷髮絲，放在嘴邊：「你倒在荒野裡，是我手下的商隊發現了你。他們都知道我在找一個紅髮的年輕人，所以及時把你送到了我面前。如果他們把你交給我父親，他是不會輕易放過你的，等待著你的將是暗無天日的牢獄，而不是舒適溫暖的床……」

「去你的，少他媽跟我調情！」羅賽咬牙切齒地說，「我有正事要談，帶我去見蘭托親王。」

諾拉德臉色一沉：「羅賽，你真的如此深愛我父親嗎？難道我就不行嗎？」

說著，他欺身上前，手撐在紅髮少年身邊，把瘦小的術士罩在自己身下：「你就死了這條心吧，你不會再見到他了。就算見到他，你又想怎麼做呢？你要嘗試贏得他的歡心嗎？不會成功的，他從來沒有愛過你。對了，這裡是我的私人宅邸，我特別有錢，所以房子特別大，你跑不出去的。」

諾拉德邊說邊抓住術士的雙腕，將它們壓在枕頭兩側。「你注意到了嗎？你的兩隻手上都戴著精緻的銀色手鍊。」他用拇指輕揉著與鍊子接觸的皮膚，「還記得那個法師提供給我們的特製鐐銬嗎？它能讓你無法施法。之前我一時糊塗放走了你，鐐銬也被你丟在山上，後來我叫人把它做成手鍊，這樣一來，我就不用束縛住你美麗的雙手，也可以把你留在身邊了。」

羅賽怒斥：「媽的，我是你舅舅！」

「那又怎樣？當初是你先勾引我的。」諾拉德一手把術士的雙腕拉過頭頂，俯下身，另一隻手探進他的貼身襯衣裡。

「你是不是弱智？」羅賽掙扎著，「我真的有正事要談，不然我才不會回到這個鬼地方！你聽著，快把你父親叫來，再聯繫一下住在南方的法師伯里斯．格爾肖。我手裡沒有獅鷲羽毛了，沒辦法直接傳訊給他……你好好聽我說話！這很重要，霜原那邊出事了，我千辛萬苦才逃出來。希瓦河周邊的國家不會相信我，我只能寄望於蘭托親王……小兔崽子你給我住手，把你的爛爪子拿開！」

諾拉德抬起頭，露出一個很刻意的邪惡笑容：「如果我偏不住手呢？」

術士冷漠地與他對視：「我要你立刻滾下床，給我一套包含褲子在內的體面衣服，然後麻煩你迅速地去找你父親，或者把我帶去也行。否則，我會先燒光你的頭髮，再燒光你下面的毛，最後連你的命根子也一起燒成碎渣，扔進茅房。」

羅賽出身於鄉野山林，生氣的時候說起話來並不怎麼文雅。諾拉德震驚了一會兒，覺得不能服軟，他醞釀了一下，做出強硬的表情：「不用怕，我是個溫柔的情人。但溫柔的前提是，你不要玩火。」

「哦，我馬上玩給你看。」羅賽勾起嘴角。

諾拉德嗅到了隱約的燒焦味，隨即後背一陣灼痛，他腦後的髮辮從末梢開始燃燒起來，正在向著頭頂蔓延。他尖叫一聲翻下床，在地板上滾來滾去，還把踏腳毯抓過來裹在頭上，然後像翻不過來的烏龜一樣仰面掙扎。

頭髮上的火好歹被撲滅了，但接著他的褲子又燒了起來。火勢不大，看起來只是小懲大誡，但火焰燃燒的位置實在至關重大。

諾拉德劈里啪啦地拍打自己的雙腿之間，一邊拍一邊嘶聲哭叫：「我錯了！別燒了！我很抱歉，舅舅！我錯了，我這就去幫你報信！」

紅禿鷲冷笑一聲，雙手做了個抓取的姿勢，熄滅了外甥身上的火苗：「聽說你在法師學校裡待過一段日子？看來他們的學校也不怎麼樣。作為你的舅舅，我教你一點有用的知識，如果你把抑制施法的手銬磨成別的東西，金屬裡的法術材料就會失效，反魔效果就沒有了。謝謝你送我的手鍊，除了好看之外，它們沒有任何別的用處。」

諾拉德灰溜溜地蜷縮在地上，背過身檢查了一下關鍵部位。羅賽催促道：「別看了，我沒有真的傷到你。快去找蘭托親王，告訴他霜原出事了，再告訴他我要聯繫伯里斯．格爾肖，他會意識到事情的重要性。」

諾拉德拚命點頭，邊繫褲子邊跑了出去。門口的守衛們面面相覷，不知道主人和術士玩了些什麼，竟然這麼快就結束了，而且還如此狼狽。

伯里斯和洛特回到塔內，現身在離開時畫的新法陣裡。法陣泛著紅光，這意味著塔裡所有的魔法都受到了嚴重干擾。

洛特打開房門，大吃一驚，門外竟然出現了一面磚牆，把門嚴絲合縫地堵了起來。

伯里斯走近磚牆，摸了它一下：「是幻術，我們直接走出去就好。」

洛特還是不放心，他不讓伯里斯先走，非要自己試過之後，才放心地叫伯里斯也走出來。

不僅是這間房間，現在塔內的結構幾乎完全改變了模樣，本來應該是樓梯的地方出現牆壁，該有轉角的地方出現木門，螺旋階梯扭曲成了無法行走的角度，浮碟到處亂飄，找不到正確的停靠點。

「有的是幻術，有的不是。」伯里斯判斷了一下，「大人，您記得清楚塔內的設施嗎？」

洛特搖搖頭：「我也不知道算不算記得清楚……」

「總之，凡是塔內原本就有，但現在位置錯亂的東西，我可以肯定它們都是幻術。比如浮碟——」伯里斯直接一腳踏入空中，卻沒有跌落下去，他仍然成功踩到了預置好的浮碟上，「它沒有改變位置，還在這裡。還有那邊的牆，它也沒有改變位置，只是看起來變了。如果您還記得塔內原本的結構，就按照原來的方式前進，應該不會出差錯。」

「這沒有問題。那麼哪些不是幻術？」

伯里斯指向高處的一扇門：「我的塔裡沒有用槭木做的門。像這種融於環境但從未出現的過的東西，應該是用某種變化法術製造出來的。不過，距離太遠了，我沒辦法仔細觀察。」

洛特說：「那我把它拆下來給你。」說著，他展開那對中看不中用的翅膀，慢慢向高處的門飄去。

「您小心一點。」伯里斯在下面喊。

「不用擔心，我對大多數魔法都免疫，哪怕它燒起來也傷害不到我。」

洛特飄到門邊，拉住把手。他想先打開門，再靠蠻力把門整個拆下來。門是朝房間內推開的，在開門的同時，他也向裡面探出半個身子。就在這時，另一道朝外拉開的門憑空出現，以肉眼幾乎不可見的速度把洛特推進半開的門中，然後砰地一聲緊緊關閉。

伯里斯的反應已經足夠快了。門關上的同時，他放出一道射線，射線撕開門和牆壁，裡面卻沒有洛特的身影。

兩道門都是假的，而牆是真的。伯里斯頓感挫敗，情急之下，他竟然把自己的塔拆出了一個洞。

不過也多虧了這道破壞射線，即使沒有近距離觀察，他也看清了假門的構成物——那是吸血藤集群。

吸血藤來自於異界學、死靈學與幻惑學三者，算是一種學派交叉研究的產物。它最廣為人知的特色是糾纏和吸取生命，另一個特色則是能糾結成群，組成某樣特定物體的外形。

比如，法師可以在宴會廳裡召喚出吸血藤，讓它們偽裝成大片地毯，還可以讓它們出現在某人臥室裡，塑形成立櫃的模樣。塑形完成後，法師再在它的外部「貼」上一層簡單的變色法術。它有明確的實體，不屬於普通幻術，不易被簡單的偵測手段察覺，它可以潛伏在意想不到的地方，等著受害人不知不覺地靠近。

現在塔內不但有普通幻術，還有吸血藤，同時還有扭曲空間的隨機傳送門。還好洛特體質特殊，他不會被吸取生命。以前伯里斯針對他的魔法免疫做過很多實驗，所以心裡非常清楚。

不過，洛特也並非不受影響。他可以免疫「魔法傷害」，卻不能免疫「魔法造成的物理性後果」，他可以被傳送，可以抓握魔法造物，如果用奧術閃電攻擊他和一座山，他不會被閃電傷害，卻有可能被崩裂的山石砸中。

也就是說，吸血藤雖然不能獵食他，卻可以透過隔離或糾纏等手段限制他的行動，甚至有可能對他造成一定的物理傷害。

伯里斯回憶起大君在山脈裡手撕屍體的畫面，這麼一想，應該也不用太過擔心。吸血藤的硬度不高，如果洛特能徒手撕開屍體，那也就能徒手破壞它。

至於隨機傳送門，這個東西是從傳送法陣的半成品改良而來，它只能連接到較近的場所，不會把目標帶到太遠的地方。不知道洛特被傳送到了塔內的哪個角落，一路撕東西撕過來又需要多長時間？

伯里斯沉著臉，讓浮碟向下移動。

他穿過十幾道幻術牆壁，拆掉七八個吸血藤偽裝的傢俱，在接近塔的中下層時，他聽到了赫羅爾夫伯爵凶狠的咆哮聲。

他準備好幾個攻擊法術，踏上走廊，循聲而去。犬吠聲源自一間圖書室，伯里斯走進去，只見書架倒歪，書本散落滿地，赫羅爾夫伯爵被力場球困在牆角，正在瘋狂抓咬透明護罩。

伯里斯順著狗的視線望去，只見黑松坐在未倒下的書架上。

「你不是黑松。」伯里斯看著他。

精靈勾起嘴角，眼中滿是寒意：「對，我不是黑松，而你也不是『柯雷夫』。好久不見了，我的學生。」

致施法者
To Burris the Spellcaster and His Family Dependent
伯里斯閣下及家屬

Chapter 13

致施法者伯里斯閣下及家屬

書架上的精靈仔細打量著伯里斯，問：「你是什麼時候看出來的？」

「我不夠細心，剛剛才發現。」伯里斯回答完，問他：「你為什麼要坐在書架上？」

精靈無視了他的問題，繼續問：「伯里斯，你現在應該有七八十歲了吧？你是依靠什麼方法維持年輕狀態的？這不是幻術，也不是簡單的變化術。」

伯里斯非常執著地問：「你為什麼要坐在書架上？」

精靈不悅地瞇起眼睛：「我知道，你找了一個很令人驚嘆的盟友，這年輕的身體是拜他所賜？」

「你為什麼要坐在書架上？」

「現在你的盟友去哪裡了？他沒有和你在一起嗎？」

「你坐在書架上，是因為你怕狗嗎？」伯里斯望向房間角落，雜物中黑暗的小縫隙裡傳來貓的呼吸聲，「還是說，你也怕貓？我記得以前你的塔裡沒有什麼小動物，所以你到底為什麼要坐在書架上？」

精靈明顯不耐煩起來：「伯里斯，你知不知道你是在對誰說話？」

「我知道。久違了，伊里爾老師。」伯里斯對精靈欠了欠身，「那麼，你為什麼要坐在書架上？」

這個聊天方式是他從骸骨大君那裡學到的。這樣說話真不錯，會讓你很有底氣，有操控對方情緒的快感。人果真要活到老學到老。

黑松的肉體已經被另一個法師占領。死靈法師伊里爾透過精靈的杏目，怒不可遏地注視著伯里斯，而伯里斯卻無動於衷，故作天真地看著他。

伊里爾冷哼一聲，忍不住從書架上跳了下來。他緩緩飄浮著落地時，伯里斯比了個手勢，牆角的力場球被瞬間解消，赫羅爾夫伯爵狂吠著向伊里爾撲去。伊里爾大驚失色，及時做了個手勢，還沒站穩就趕緊飄回了書架上。

赫羅爾夫伯爵站在伯里斯和書架之間，喉中滾動著「嗚嚕嚕」的聲音，渾身緊繃死死地盯著「黑松」。

伯里斯拍了拍牠的頭，拉著牠的項圈指向房間一角。赫羅爾夫伯爵有些疑惑，但還是服從了命令。

牠收起敵意，跑到雜物堆中刨出兩隻貓，屍貓跳上牠的背，真貓被牠銜住後頸，牠帶著兩隻貓小跑著離開房間。跑遠之前，還不放心地回頭看了伯里斯一眼。

伯里斯望向精靈：「下來吧，牠們走了。」

伊里爾想下來，動了動身體又停住了，大概是覺得現在下來顯得太過聽話，有點沒面子。他抬著下巴，斜睨著書架下的學生：「伯里斯，你變了。你比從前冷靜許多，我很欣慰。」

伯里斯感嘆：「以前你一向對我有話直說，從不講究措辭。現在你怎麼了？為什麼這樣對我說話？你不是讚嘆我冷靜，也不是欣慰，實際上你的意思是『伯里斯，你怎麼一點都不害怕我』，對吧？」

伊里爾冷著臉，沒有回答。伯里斯說：「因為我不必害怕。你連我塔裡的狗都無法傷害，只能用力場罩關住牠，我為什麼要怕你？」

這些話顯然戳中了伊里爾，他雙眼中的情緒風雲變幻，過了好一會兒才極力平靜下來，說：「你用了『護衛連鎖』。」

「是的。」伯里斯說，「而且是被我改良後的版本。在我預置的護衛法術之下，塔內一切事物都受到同等庇護，若外人試圖攻擊其中任何生物或物體，都如同攻擊高塔的全部防禦系統。老師，我不得不指出，你現在根本無法破壞我設下的防禦。」

「你確定嗎？」伊里爾問。

「我特別確定，因為我了解你。如果你做得到，你早就把這座塔破壞得面目全非了。你會直接拆掉我的魔像，殺掉所有活著的生物，甚至故意讓牠們死相悽慘，並把牠們的屍體帶到我面前。現在，你只能關停我的魔像，卻不能傷到它們分毫，你用護罩攔住我的狗，自己躲在書架上不敢下來，你用幻術、吸血藤擬態和隨機傳送門製造出很大的迷宮，卻沒辦法親自進入高塔上層……」

伊里爾打斷他的話：「伯里斯．格爾肖，你一點也不好奇我是怎麼回來的嗎？」

「不好奇。」伯里斯說，「如果你想說就請說，如果你不想說，將來我可以自己調查。」

顯然，伊里爾很想說。他完全無視了伯里斯上一句話，目光深沉地望著遠方：「你應該很清楚，要徹底殺死一個強大的死靈法師是很不容易的。當年一定也有人質疑過，為什麼霜原的主人伊里爾死得如此迅速、如此徹底？」

說到這裡，他停下來看向伯里斯，伯里斯只是靜靜地站著，並沒有要接話的意思，於是伊里爾只好繼續說：「其實我早有準備，我有無數可以在千鈞一髮時救命的法術。但是，當那些騎士殺死我的時候，我主動放棄了存活的機會。你知道這是為什麼嗎？」

這次，伯里斯仍然不說話。伊里爾急躁地接著說：「因為，我還藏著更好的東西。他是我最珍貴的收藏品，我特意不讓任何人知道他的存在，我一直在他身上花費心血，並且成功徹底地控制了他。有了他，死亡將成為我的新生，我的靈魂不會消散，而是會順著布置好的法術被引導到他身邊，與他的力量合為一體。就像用藥劑侵蝕活屍一樣，而這次的『藥劑』就是我的靈魂。」

伯里斯終於說話了：「我確實不知道那件收藏品的存在，他……應該是一個活物吧？」

「哦？你怎麼知道？」

因為我剛剛讀過他寫的東西。伯里斯嘆氣：「他是一頭銀龍。」

「看來你知道的不少啊。」伊里爾像在課堂上讚許學生一樣微笑點頭，「是的，他的外貌之一是銀龍，而且他比真正的龍更加神聖。他是『人間絕無僅有的奇蹟』。」

致施法者伯里斯閣下及家屬

伯里斯問：「難道他一直沉睡在霜原裡？」

伊里爾說：「不止。他一直沉睡在白塔下面。當初有不少法師說我的白塔在一夜之間出現，這不是謠言，是真的。因為我借助了那份奇蹟的力量。」

白塔出現時，伯里斯還不認識伊里爾，那時他還跟著藥劑師工作。他聽說伊里爾和其他死靈法師一樣是被排擠到希瓦河以北的，別的死靈法師只能艱難生存，而伊里爾卻日益強大起來，沒過多久，伊里爾用強悍的魔法征服了霜原原住民，讓其他死靈法師都俯首稱臣。等伯里斯進入白塔時，伊里爾已經是令人聞風喪膽的霜原統治者了。

當年霜原裡的大部分死靈法師都比伊里爾來得早，歲數也比伊里爾大。現在回想起來，伊里爾死去時好像還不到五十歲，他崛起得極快，也隕落得極快。

伯里斯的腦子裡突然閃過一個念頭：「你……你一開始就知道奧傑塔在那裡？」

伊里爾點點頭。他伸出左手，挽起袖口，精靈的手臂白皙修長，上面還有紋身被洗掉後的淡淡痕跡。他指著纖白的手肘問：「你還記得嗎？有一次我需要抽取自己的血液，讓你在一旁幫忙。」

其實伯里斯不太記得了，但今天他卻想了起來。他曾經見過，伊里爾本人的左臂內側有一處明顯的紋身：圓月圖形中嵌著流淚的眼睛，眼睛周圍是多刺的荊棘柵欄。

「黑湖守衛的聖徽……」伯里斯驚訝地看著書架上的法師，「你是黑湖守衛的牧師？你是故意到霜原尋找奧傑塔的？」

學生的表情讓伊里爾非常滿意：「是的。但我並不是很虔誠的那種，在找到奧傑塔之前，我幾乎已經放棄了這一切。反正黑湖牧師根本沒有神術，沒有力量的信仰有何意義？後來我發現，我錯了，這一切是有意義的。是血親留下的線索讓我找到了『奇蹟』。幸好我沒有半途而廢，不然我就沒辦法利用那些力量了。」

伯里斯深深嘆了一口氣：「老師，你知道嗎？你現在使用的身體屬於我的學生。」

「我當然知道。」伊里爾說，「我能操縱的可不止他一個，如果你想透過殺死他來消滅我，是完全不可能的，我會離開他的身體，回到別處。」

伯里斯搖頭：「不，我沒有想殺他，你不要用你的思維來揣測我。我是想說，剛才你說的那些話，如果被這個精靈學生聽到了，你猜他會怎麼評價你？」

伊里爾挑挑眉：「這個學生名叫黑松．諾爾希瓦萊，來自精靈樹海。我讀過他的記憶，他對我留下的傳說很感興趣。」

伯里斯說：「你不瞭解他。如果他聽了你剛才的陳述，他會說『依靠什麼奇蹟的力量來當傳奇法師，這和依靠天生血脈的文盲術士有什麼區別』。」

伊里爾怒視著伯里斯，再一次從書架上跳了下來。伯里斯暗暗感嘆，我提到術士你就這麼生氣，你們怎麼一個個都這麼歧視術士。

黑松比二十歲的伯里斯高一些，伊里爾很滿意，對面而立，他仍然可以俯視昔日的學生。他在伯里斯面前慢慢踱步，瞇著眼睛嘶聲威脅：「這麼多年過去了，你是不是已經忘了惹怒我的下場？」

伯里斯說：「老師，我沒忘。我只是不再怕你了而已。」

畢竟你連我塔裡的狗都殺不死。最後這句有點太過分，伯里斯用良好的教養把它忍在心裡。

伊里爾輕蔑一笑：「真的嗎？如果你真的有把握戰勝我，為什麼你一直在耍嘴皮子，而不動手試著制伏我？」

伯里斯攥緊雙手，又慢慢鬆開。

剛才解消力場球時，他已經做好了偷襲伊里爾的準備，但他沒有動手。他表面上不動聲色，實際上已經感覺到了事情不妙。

他平靜地說：「是炙龍牙木粉吧。」

龍牙木生長在寶石森林一帶，它不能作為木材，沒有觀賞價值，不能入藥，還會絞殺其他植物，破壞正常的森林生態。可以說，它是一種沒有任何優點的植物。它唯一的用途，就是對奧術施法者下毒。

龍牙木炙品無色無味，也無法被探毒法術識別。它對普通人沒有任何影響，但如果法師或術士服食了它，他們的身體就會出現中毒症狀——漸漸失去喚起魔法的能力。

毒物的起效時刻和持續時間均與服食量有關，熟練的藥劑師可以設計好劑量，精準預測毒發時間。在它起效前，中毒者身上一切正常，察覺不到任何異樣；等到起效之後，中毒者仍能使用魔法物品、能解除比較簡單的法術，但無法喚起任何魔法波動。

萬幸的是，中毒症狀並不是永久的。龍牙木炙品的毒性會在若干天後逐漸消退，屆時施法者便可以恢復如初。即便如此，幾天不能施法也足夠讓他們束手束腳了，如果有人算好時間，在毒物起效的期間加害施法者，他們將毫無還手之力。

二十四年前，奧法聯合會開過一次祕密會議。會議後，一隊戰鬥法師偷偷潛入寶石森林，把現存的所有龍牙木都銷毀了。准許行動的文件上留存著聯合會議長的簽名，當年的議長正是伯里斯。法師和術士們一致擁護這個決定，消滅龍牙木是奧術施法者們的共同心願。

現在看來，北方霜原裡大概還留著一些藥物成品。這些漏網之魚一直被伊里爾收藏在某處，從來沒人發現過。

伊里爾欣賞著學生皺眉的樣子：「看來你懂了，黑松調的奶茶好喝嗎？」

「那時的黑松仍然是黑松。」伯里斯說，「我能感覺得出來，當時與我說話的人並不是你。」

「確實不是我。」精靈一手撫上胸口，「黑松還在這裡。有時候我會放他出來，讓他用最真實的一面與你交流。反正他也想不起來之前我做過什麼。」

伯里斯說：「但我仍然被高塔上持續作用的防禦術保護著。我沒辦法傷害你，你也無法傷害我。難道你希望我們一人拿一本厚精裝書，像街頭打架一樣用肉搏的方式分出勝負？」

「當然不是。」

「那麼，你的訴求到底是什麼？」

「我是來和你交易的。」伊里爾說，「交易，當然要先保證自己的安全。畢竟你是個詭計多端的學生。」

「你想談什麼？」伯里斯問。

精靈緩步靠近伯里斯，露出和黑松相似的愉快笑容：「你想不想要黑湖神域的力量？我們可以共享它。」

伊里爾一手搭在伯里斯肩上，用力捏了捏。以前，每當他用「你是我最好的手下」來安慰學生和奴僕時，他總會這樣按他們的肩膀。學生和奴僕的肩上都有徽記，他用這個徽記保護他們，讓他們不受實驗怪物的襲擊，等他死了之後，徽記就會變成死刑命令，他留下的怪物會執著地追殺那些倖存者。

伯里斯親身體驗過徽記的功效了，所以這個按肩膀的動作對他來說不但不親切，反而還有些噁心。

他後退一步，躲開精靈的手：「老師，算了吧，你要黑湖神域的力量也沒用。」

伊里爾皺眉：「沒用？神域的力量是凡人難以想像的，怎麼會沒用？」

伯里斯說：「我的意思是，你沒有明確的目標，也做不出什麼有意義的研究，你得到力量後無非就是想折磨人、嚇唬人，攻打一個又一個的城鎮，攻下城鎮後，你什麼也不做，你連稅都懶得征，你只喜歡隨心所欲地殺人，享受他們的敬畏什麼的。說真的，這有什麼意義？惡龍綁架公主還會想結婚呢，你在這方面還沒有惡龍有建設性。」

伊里爾冷哼一聲：「看來你已經忘記了我的教誨。追求力量就是意義所在。」

伯里斯說：「老師，你陷入了兩個謬誤。第一，我不是忘記了你的教誨，我是從來沒有認同過這類教誨；第二，你追求的不是力量，你追求的是欺凌的快感。老師，如果時光可以重來，你能回到兒童時代，我建議你不要選擇當法師，你應該磨練肉體，找一個比較封閉的小村子，在那裡當地痞流氓。」

伊里爾氣得臉色發白，伯里斯有點擔心他把黑松的身體氣壞。現在他們倆都不能用法術傷害對方，但伊里爾急於發洩憤怒，於是，他忍不住用最基本的方式——抬手一巴掌搧了過去。

法師的動作沒有多快，並不難躲，但伯里斯也是個法師，所以他的躲避動作不怎麼靈巧。他斜著退開一步，不小心撞到了桌角，他揉著後腰，並不介意這點小小的疼痛。語言上的角力讓他十分有快感，他在二十歲以前積蓄了很多怨氣，現在似乎都漸漸紓解開了。

伊里爾咬牙切齒：「伯里斯，你真的變了。變得面目可憎、油嘴滑舌，這到底是跟誰學的？」

他話音剛落，室內「轟隆」一聲巨響，書房的牆壁被撞破了一個大洞。洞外是一坨坨被撕碎的吸血藤，還有幾個幻術做成的假傢俱、假盾衛。伴隨著沉重的腳步聲，一個高大猙獰的身影走入書房。

骸骨大君穿過重重阻礙，終於回到了伯里斯身邊。他又變回了原本的形態，眼眶中幽火搖曳，背上灰黑色蝠翼半開，渾身鱗片泛著血色波紋，黑色彎角的縫隙中閃動著紅光，猶如暗暗流動的熔岩。

他擋在精靈與伯里斯之間，用低沉嘶啞的聲音說：「他當然是和我學的。」

伯里斯從他背後探出頭，拍了拍他的手臂：「大人，這並不是一個必須回答的問題。」

骸骨大君向前走了幾步，伊里爾連忙退後，一直退到了書架後面。他行動上畏縮，表情卻越發興奮，他睜大眼睛打量著骸骨大君，激動地說：「奧傑塔向我介紹過您，很榮幸能與您見面。」

「你對奧傑塔做了什麼……」大君雙手的骨節發出喀喀聲，眼中的幽火縮成了細小而高亮的一點。

伊里爾又慢慢飄起來，坐回了書架上。伯里斯腹誹著：老師躲狗的時候坐在櫃子上，怎麼躲半神的時候還是坐在櫃子上。

「不止是奧傑塔。」伊里爾說，「還有奧吉麗婭和席格費，他們都是我的客人。當然，這位精靈法師也是。」

說著，他舉起右手，望向伯里斯：「我的學生，請你安撫一下你的盟友大人，讓他不要出現過激的舉動，好好地聽我說話，否則……」

喀嚓。空氣中傳來非常細小的聲音，就像花草被折枝時的聲響。精靈的右手小指歪向掌外側，以十分不自然的角度垂了下來。

伊里爾展示著精靈的右手，還動了動腦袋：「我的學生，你應該很熟悉操縱傀儡的方式吧？現在我也是這樣控制這具身體的。我可以隨時讓這孩子的手指折斷，聲帶割裂，反正我可以用意識傳訊和你們對話。我可以讓他終身殘疾，永遠不能再當法師，也可以讓他頸骨粉碎，賜予他死亡。無論我想做什麼，都不需要特意『動手』，這具身體的肌肉和骨骼會自己行動，而且發生得十分迅速。所以，別輕舉妄動，這個精靈的命運取決於你們。」

大君的智商好像還有點飄忽，一時沒有理解伊里爾的意思，他還想上前，伯里斯緊緊抓著他的手臂，嚴肅地搖頭。

伊里爾滿意地笑了：「很好。我的學生，以及尊敬的半神，現在聽我說吧。我從奧傑塔那裡得知，他的主人需要尋找位面薄點，他要找到黑湖，成為真神。於是我決定幫他一把。我繼續研究生前留下的課題，與奧傑塔辛苦了很多年，終於在白塔的舊址上開闢出了人造的位面薄點。」

伯里斯想起來，以前人們也認為伊里爾在試圖連接異界，大家都以為他想喚回煉獄，其實並非如此。煉獄被割離得太過遙遠，他根本找不到，就算找到了也只是自尋麻煩。他想要的是黑湖的力量，那些虛空中不死生物的力量。

伊里爾說：「所以，我來了，我來和你們交易。我可以幫助半神成為真神，透過這一過程，我也可以用自己的方法提取黑湖中的力量。成功之後，我不僅能重塑身體，還能夠實現自己的野心，而半神大人也可以繼承黑湖，成為這個位面裡唯一的真神。」

他把精靈受傷的手伸向大君，做了一個邀請的手勢：「尊敬的大人，我聽說是伯里斯找到了亡者之沼，解除了您身上的詛咒？這很好，我的學生釋放了您，而我可以幫您得到真神之力，我們師生二人都是您忠誠的盟友。」

骸骨大君看看身邊的伯里斯，又看看櫃頂上的精靈，搖了搖頭，長嘆一聲，從原本形態變回人形。他的人類形態本來也還算高大威嚴，但現在他衣衫破爛，頭髮散亂，這副邋遢的樣子實在沒什麼半神的樣子。

他問伊里爾：「你的意思是，幫助我成為真神的過程中，你也可以用某種法術提取到很多力量，你和我可以雙贏，是嗎？具體你想怎麼做？」

伊里爾說：「是的，我的提議正是如此。至於如何取得黑湖中的力量，我自有辦法，每個法師都有一些只屬於自己的祕密知識。」

他想了想，補充說：「您可以信任我。我是不能跟著您一起進入黑湖的，所以成為真神的必定是您。成為真神之後，您還會怕我這種普通的死靈法師嗎？」

「不，這不是信不信你的問題。」說著，洛特一手攬住伯里斯，十分閒適自在地靠在他身邊，「現在的問題在於，我並不是很想當真神了。奧傑塔和奧吉麗婭他們的情報有些滯後，他們只知道我以前的想法，卻不知道我現在過得有多麼愉快。我覺得繼承黑湖十分麻煩，不太想去了。」

伊里爾皺眉：「尊敬的大人，這不是您心裡的話。繼承黑湖是您的夙願，甚至可以說是您本能的欲望。我的靈魂已經與奧傑塔深刻融合，所以我相當瞭解您。」

洛特聳聳肩：「是，這種欲望確實很難抵抗，但是我現在的日子太快樂了，我已經懶得追求別的東西。你看，我想買什麼就買什麼，想吃什麼就吃什麼，想去哪裡玩伯里斯都可以帶我去。我可以參加皇家舞會，住著冬暖夏涼的大房子，沒事就和狗去小溪裡玩水，還能騎馬狩獵，累了就躺在床上看色……我是說，看有趣的小說。這麼好的日子，都是伯里斯給我的，我已經決定要沉溺其中了，黑湖什麼的，就隨它去吧。喔，你別說我會後悔，就算我真的後悔了也沒關係，如果一百年之後我後悔了，我就重新尋找黑湖。反正黑湖就在那裡，它又跑不了。」

不僅伊里爾瞠目結舌，連伯里斯也感到十分震驚，但他沒有表現出來，只是默默裝作對洛特的態度司空見慣。

致施法者伯里斯閣下及家屬

伊里爾展開雙手，在空氣中劃出一片幻術白幕。他沉著臉說：「尊敬的大人，我已經為您準備好一切，只等著您的到來。如果您一直不配合，奧傑塔、奧吉麗婭和席格費就會一直痛苦下去。」

隨著他的話語，白幕上浮現許多斑駁的色彩，色彩慢慢聚合在一起，形成了清晰的畫面。

天幕上躺著一條紡錘形的黑斑。它比雲層濃厚，比陰影黑暗，月亮正好位於被它遮蔽的位置上，附近的星光也都被它吞沒扭曲。

畫面中的視角是從地面向上凝視，起初，視野內只有夜空和黑斑，過了一會兒，一道銀色的影子掠過畫面角落。凡人的眼睛很難捕捉那麼快的瞬間，但洛特能夠看清楚。剛才閃過的，是銀龍的一枚翼鱗。

他們所看的畫面，正是奧傑塔眼中所見的東西。銀龍躺在焦黑色的地面上，艱難地抬起脖頸，他四周霧氣瀰漫，密密麻麻的符文與法陣在濃霧中交錯銜接，就像鐘樓的內部構造。奧傑塔只能揚起頭，卻沒辦法翻身起飛，因為他身上插著三支黑巨大的黑色冰凌，其中兩支分別釘入他的雙翼，還有一柄從他小腹刺入，與地面融在一起，在他銀白色的身體上凝結出黑與紅交錯的冰花。

有人在霧氣中慢慢走動，好像正在巡視。其中有青年精靈，有人類少女，有稚氣未脫的孩童，有彎腰駝背的老嫗，偶爾還會出現一兩個半身人甚至灰山精。他們都穿著白衣，面無表情，有人不時停下來，呆滯片刻，又繼續走動。

洛特和伯里斯看到的白衣人面目稍有不同，他們都既看到了不同的形象，也看到了重複的面孔。這些「人」都是奧傑塔，奧傑塔的化形方式很特殊。他可以化身為數量不定的類人生物，可以是一個，可以是三五個，也可以是十個甚至更多，他的所有化身都擁有同一個意識、同一個靈魂。化身數量越多，別人眼中的每一個形象就越固定；化身越少，別人就越會在他身上看到不同的形象。

現在「奧傑塔們」不僅僅是奧傑塔，某種意義上來說，他們也是伊里爾。伊里爾從很早以前就找到了尚在沉眠中的奧傑塔，他禁錮著他，慢慢侵蝕他，先用毒液般的魔法浸潤他，再讓自己的靈魂寄生其上。

此刻伊里爾的主意識在黑松身上，但他可以遠遠地影響其他寄生體。在他的授意之下，所有「奧傑塔」都看向銀龍。他們整齊地舉起右手，驅散了靠近銀龍身畔的一部分霧氣。

霧氣消失後，銀龍的眼睛看到了席格費和奧吉麗婭。席格費伏在龍的左邊，他緊緊閉著眼睛，喉中翻滾著痛苦的嗚咽聲，他的雙翼也被黑色冰錐釘在地上，體內的煉獄元素正源源不斷地溢出；奧吉麗婭蜷縮在龍的右邊，右腳踝被一支較小的冰錐釘住，她睜著眼睛，眼中一片蒼白，死靈之力氤氳在她身旁，忽強忽弱，忽遠忽近，猶如一群正待調遣的士兵。

畫面突然中斷了。伊里爾把幻術白幕降了下來，鋪在伯里斯和洛特面前的地板上。白幕上浮現出一張預置法陣，伯里斯看到了其中的座標——它通往北方霜原，位置就在白塔的遺址上。

伊里爾威脅地用指頭劃過精靈的眼睛、喉嚨、胸口，然後指了指地上的法陣：「這是入場的紅地毯。兩位客人，你們站進去可以了。」

洛特沉默了一會兒，說：「也好。既然你非要邀請我，我只好辛苦去一趟黑湖看看了。」

他走進法陣，伸出手臂攔住了想跟進來的伯里斯。「你跟來也沒用。」他說，「這件事不需要你，你幫不上忙。」

伯里斯還未開口，伊里爾便搶先說：「不，我需要伯里斯．格爾肖。我急切地想與半神大人合作，也十分歡迎昔日叛徒回塔裡看看。」

其實洛特說得沒錯，這件事根本不需要伯里斯參與，但伯里斯知道自己肯定要去。他瞭解伊里爾，伊里爾一定非常想讓他回到白塔，他的無措或驚惶都會成為伊里爾的巨大樂趣。

「好，我也很久沒去過霜原了。」伯里斯看向伊里爾，「在這之前，我希望你能答應我一件事，如果你不想繼續和我們吵架浪費時間的話。」

伊里爾說：「我知道你想說什麼，你希望我放過這個精靈。」

「他真的對你沒什麼用。」

「我會離開他的。」伊里爾說，「這個精靈本來就不在我的客人名單之中。一開始我覺得他又沒用又難看，不如直接殺掉算了，後來我想到，奧傑塔的化身不適合拋頭露面，還是用他的身體前來拜訪比較好。別擔心，等我親眼看你們傳送走之後，我肯定會離開這具身體。現在我是個靈魂，只要我拋棄這具身體，就可以瞬間回到白塔，我不需要走傳送陣，也沒必要用精靈的身體再一次跋涉。」

看到伯里斯的眼神，他又補充說：「如果你們不相信我，那你們也沒別的辦法，不是嗎？」

根據伯里斯對老師的瞭解，伊里爾的解釋還算可信。比起無足輕重的精靈，他肯定更關注半神和伯里斯的行動。一旦洛特傳送離開，伊里爾肯定會緊接著拋棄身體回到白塔，他不會在這裡浪費半點時間。

洛特還伸手攔著伯里斯，不願意讓他跟來。伯里斯將手搭在洛特的手臂上，洛特的本意是阻攔，伯里斯卻像被邀請一樣走入法陣。

他想起了王都的舞會，洛特當場學習跳舞，在午夜的最後一曲邀請他共舞。他彆扭地走入舞池，看起來像被人強迫，實際上他知道自己非去不可。

法陣啟動了。大型遠距傳送陣的速度很慢，大概需要一點時間，在這短暫的時間內，伊里爾的視線徹底離開了他們。

伯里斯飛快地摘下紅玉髓戒指，緊緊握在掌心中。

雙腳再踏上地面時，他和洛特站在焦黑色的石頭露臺上，背後是形狀扭曲的黑色高塔，面前是一望無垠的雪原。

伯里斯手裡的戒指已經不見了。它從露臺墜向塔下，摔在長長的石階上。一縷縷紅色從碎裂的寶石中飄散開來，融入寒風之中。

——《致施法者伯里斯閣下及家屬 vol. 3》完

高寶書版集團
gobooks.com.tw

BL039

致施法者伯里斯閣下及家屬vol. 3

作　　者　matthia
繪　　者　shu
編　　輯　任芸慧
校　　對　任芸慧
美術編輯　林鈞儀
排　　版　彭立瑋
企　　劃　方慧娟

發 行 人　朱凱蕾
出　　版　英屬維京群島商高寶國際有限公司臺灣分公司
　　　　　Global Group Holdings, Ltd.
地　　址　臺北市內湖區洲子街88號3樓
網　　址　www.gobooks.com.tw
電　　話　(02) 27992788
電　　郵　readers@gobooks.com.tw（讀者服務部）
　　　　　pr@gobooks.com.tw（公關諮詢部）
傳　　真　出版部　(02) 27990909　行銷部 (02) 27993088
郵政劃撥　50404557
戶　　名　三日月書版股份有限公司
發　　行　三日月書版股份有限公司/Printed in Taiwan
初版日期　2020年5月

國家圖書館出版品預行編目(CIP)資料

致施法者伯里斯閣下及家屬/ matthia著.-- 初版. --
臺北市 : 高寶國際出版 : 三日月書版發行, 2020.05-
冊 ;　公分. --

ISBN 978-986-361-831-7(第3冊 : 平裝)

857.7　　108018682

三日月書版

三日月書版

GOBOOKS
& SITAK
GROUP ©

GOBOOKS
& SITAK
GROUP©